Mariusz Hoffmann
Polnischer Abgang

MARIUSZ HOFFMANN
POLNISCHER ABGANG

Roman

BERLIN VERLAG

Mehr über unsere Autor:innen und Bücher:
www.berlinverlag.de

Die Arbeit an diesem Roman wurde gefördert durch das Arbeitsstipendium deutschsprachige Literatur der Berliner Senatsverwaltung für Kultur und Europa.

Für Oma Agnieszka und Oma Gertruda

ISBN 978-3-8270-1481-8
© Berlin Verlag in der Piper Verlag GmbH,
Berlin/München 2023
Satz: Eberl & Koesel Studio, Kempten
Gesetzt aus der Garvis Pro
Druck und Bindung: GGP Media GmbH, Pößneck
Printed in Germany

I

KAPITEL I

In den letzten Tagen hatten ungewöhnlich viele Autos in Salesche gehalten. Ganze drei. Zugegeben, das klingt nach wenig, es ist aber weiß Gott nicht so, als hätte es bei uns keinen Verkehr gegeben. Es rollten sogar eine Menge Autos durch unser Dorf, nur hielt kaum eins an.

Andrzej und ich saßen unter einem Ahornbaum an der Landstraße. Hinter uns die vier Wohnblocks der kleinen Landarbeitersiedlung und vor jedem Haus ein Stück Wiese und dazwischen Schotterwege, auf denen die Wagen von außerhalb parken würden. Weinbrandfarbenes Morgenlicht strahlte, während eine breit gezogene Parade aus Mähdreschern über die Luzernenfelder dröhnte. Wir verbrachten den Vormittag damit, dem Bataillon aus grünen, gelben und roten Maschinen zuzusehen, wie es in wenigen Stunden unsere Umgebung niedermähte. Normalerweise hätten wir in den kommenden Tagen den PGR-Landarbeitern geholfen, das Heu einzuholen, um es mit Kartoffelresten zu durchmischen und an die Schweine und Kühe zu verfüttern.

Als Erstes tauchte ein weißer Punkt am Horizont auf. Er schwebte über die Landstraße, wurde größer, dann langsamer und bog schließlich ein auf den

Platz vor den Blocks. Hier war der weiße Punkt zu einem VW Jetta geworden. Schwarze Buchstaben auf weißem Blech – ein deutsches Auto. Und als ob das nicht schon erstaunlich genug wäre, wurde die Fahrertür geöffnet, und ein Kerl postierte sich neben den Wagen. Nagelneue Turnschuhe, eng sitzende Jeanshose und eine Jeansjacke, die nicht mal halb um seinen Bauch reichte, an der zur Ablenkung aber Fransen von den Unterarmen hingen. Stolz wie ein Pfau stemmte der Kerl die Fäuste in die Hüften.

Stachu Ogonek war zurückgekehrt.

»Unglaublich«, sagte Andrzej.

Dann wurde die Beifahrertür aufgestoßen. Irenka mit dunkelblau schimmernder Dauerwelle stieg aus. Uns hielt nichts mehr, wir sprinteten über die Landstraße und den Hügel hinunter. Irenka schlang beide Arme um uns, knutschte unsere Wangen ab und drückte dabei die Rüschen ihres Oberteils in unsere Gesichter. »Oh, wie schön, euch wiederzusehen!«

Stachu bewegte zur Begrüßung nur kurz das Kinn auf und ab.

Als Nächstes kamen die Ogonek-Schwestern auf den Platz gelaufen. Daria Ogonek trug ein langes Kleid, in dem sie aussah wie eine Heiligenfigur. Ola Ogonek erschien dagegen mit über den Knien abgeschnittenen Leggings und einem *LZS-Sokół-Salesche*-Trikot, das die alte Rückennummer ihres Bruders trug. Olas lange, dunkelblonde Haare kräuselten sich an den Schläfen, und sie versuchte, sie mit den Kopfhörern ihres Walkmans platt zu drücken. Was sie nur noch hübscher machte.

Andrzej hatte für keine der Ogonek-Schwestern

etwas übrig. Er stand am Heck des Autos, schaute nachdenklich drein und schnüffelte den Abgasen nach. »Ganz klar, höhere Oktanzahl.«

Auf der Rückbank des Jetta hätten es sich drei Leute gemütlich machen können, aber dass wir einstiegen, hätte weder der alte noch der neue Stachu zugelassen. Also hielten wir die Hände schirmartig vor die Stirn und glotzten durchs Seitenfenster. Andrzej erklärte mir aufgeregt, was es womit auf sich hatte. Da gab es das Radio mit Kassettendeck, die Tachoanzeige bis 220 km/h, den zweiten Seitenspiegel ... Um ehrlich zu sein, interessierten mich Autos nicht sonderlich. Welches Fabrikat oder wie schnell so eine Kiste fuhr und ob du darin Kassetten oder nur den Fahrtwind hören konntest, war mir egal. Es hätte auch ein Fuhrwerk vor uns stehen können. Viel wichtiger war mir, wo das Gefährt herkam.

»Unglaublich«, fasste Andrzej kopfschüttelnd zusammen. »In Deutschland kann sich sogar ein Debiler so ein Auto leisten.«

Und dann stakste auch noch Ogonek senior – Stachus, Olas und Darias Vater – gemächlich auf uns zu. Mit Daumen und Zeigefinger strich er sich die dickste Oberlippenbürste von Salesche glatt. Der alte Ogon, wie wir ihn heimlich nannten, hatte kantige Arme und einen breiten Brustkorb, den Teint eines durchgesessenen Ledersofas und ansonsten nur zwei, drei Gesichtsausdrücke zu bieten, die unter den dicken, schwarzen Schnurrbartborsten allerdings schwer voneinander zu unterscheiden waren. Er hortete ein üppiges Weinfass im Keller und unzählige leere Flaschen in seiner Werkstatt. Vor allem aber besaß er die Autorität, kleine Dorfköter wie Andrzej und mich mühelos zu verscheuchen.

Nach der Mittagszeit war Stachus Jetta schon wieder verschwunden, dafür lenkte Herr Paweł seinen Wagen auf die Wiese vor unseren Block. Alle paar Wochen klapperte Herr Paweł die Dörfer der Region ab. Sobald das typische Gedudel aus seinem Lautsprecher ertönte, strömten die Bewohner heran und formten eine Schlange bis zur Müllkippe. Auf seiner Motorhaube breitete er ein Tischtuch aus und drapierte darauf auswärtiges Waschmittel, Kaffeebüchsen und Unmengen an Schokolade, Weingummis, sauren Drops und diesen bunten Kaugummikugeln, die in lange, goldene Streifen eingeschweißt waren. Wie jedes Mal kaufte ich die Kugeln. Dann half ich Andrzej, einen großen Karton Waschpulver ins oberste Stockwerk zu schleppen.

Zurück an der frischen Luft, verschwanden wir auf der Rückseite der Häuser und duckten uns unter den Balkonen entlang. Am PGR-Gelände, das direkt an die Siedlung anschloss, bogen wir ab. Wir zogen das dicke Brett aus den Sträuchern, keilten es zwischen Fabrikmauer und Lehmboden und konnten so aufs Vordach der stillgelegten Schnapsfabrik klettern und von dort über eine Leiter auf das richtige Dach. In Kommune-Zeiten hatte Opa Edmund in der Schnapsfabrik gebrannt. Wegen des alten Gauners hatte meine Familie immer etwas Spiritus im Haus gehabt. Mittlerweile aber war alles Nützliche aus der Fabrikhalle entfernt worden. Außer Klebstoffschnüfflern verirrte sich niemand mehr dorthin.

Auf dem Fabrikdach hatten wir einen Topf mit

Aroniabeeren deponiert. Einige Tage zuvor hatten wir sie zerstampft und mit Zucker eingedeckt, um daraus köstlichen Sirup zu gewinnen. Jetzt rührten wir Selbstgebrannten in den Sirup, wie ich es mir von Opa Edmund abgeschaut hatte.

»B-R-D?« Andrzej ließ ein Backsteinbröckchen auf der Handfläche hüpfen. »Oder D-D-R? Wie heißt das Reich jetzt eigentlich?«

»Deutschland«, sagte ich.

Er schaute mich an.

»Einfach Deutschland, denke ich.«

»Und dann wohnst du in Hannover?«

Meine Eltern hatten die klare Absicht, Polen für immer den Rücken zu kehren. Offiziell behaupteten wir aber nur, meine seit Jahren in Deutschland lebende Oma Agnieszka zu besuchen. Meine Eltern hatten mir eingebläut, unser wahres Ziel keinesfalls preiszugeben. Aber Andrzej war mein bester Freund, und neben all den Dingen, die er besser konnte als ich, konnte er vor allem eins: die Klappe halten, wenn's darauf ankam.

»So steht es in Omas Einladung«, sagte ich. »Aber wir fahren direkt ins Lager Friedland.«

»Die will wohl was wiedergutmachen«, sagte Andrzej.

»Wie kommst du denn darauf?«

»Na, sie hat ihren Sohn verraten. Deinen Vater. So was verjährt nicht.«

»Sie hat –«, sagte ich, aber Andrzej war schneller.

»Die meisten holt irgendwann das schlechte Gewissen ein. Schuldgefühle, uralte christliche Tradition. Du weißt schon.«

»Ich glaube ihr. Nach wie vor«, sagte ich. »Oma hat ihre Arbeit immer sehr ernst genommen.«

»Hast du den Brief mit ihrer Einladung denn selbst gelesen?«

»Wieso?«

»Vielleicht hat deine Oma ja eine Beichte mitgeschickt!«

»Sie hat Vater damals nicht in die Scheiße geritten, das stimmt einfach nicht.«

Andrzej schleuderte den abgebrochenen Backstein in den Teich hinter der Fabrik. Das Geschoss flog so weit, dass ich erst wieder das Aufkommen auf der Wasseroberfläche sehen konnte. Er senkte den Blick, seine Augenringe traten noch stärker hervor.

»Kennst du das Märchen von der Schlange?«, fragte er.

Mir war kein Märchen mit Schlange geläufig. Nur das von Adam und Eva, aber es wäre zu dumm, danach zu fragen, dachte ich, denn das kannte nun wirklich jedes Kind auswendig.

Während ich überlegte, verflog Andrzejs düsterer Blick, er trank aus dem Topf, grinste wieder und boxte gegen meinen Oberarm. »Sieh dich doch mal um. Den Siff hier musst du nie wieder ertragen. Freu dich gefälligst, Sobota!«

Andrzej war der Einzige, der mich mit meinem Nachnamen ansprach. Ansonsten wurde ich Jarek genannt. Nur Mutter rutschte manchmal Jareczek raus, und die Klassenlehrerin nahm es ganz genau und blieb konsequent bei meinem Taufnamen Jarosław.

»Und du musst auch nie wieder diesen Kleister trinken«, sagte Andrzej, als mir die matschigen Beeren vom Boden des Topfes ins Gesicht klatschten. Er schnalzte mit der Zunge, als wollte er den süßlich-fauligen Geschmack zwischen den Zähnen wegsaugen.

Er hatte recht. Es gab genügend Gründe, mich zu freuen. »Nie wieder polnisches Bier«, jubelte ich, obwohl ich gar nicht wusste, wie das deutsche schmeckte, und selbst polnisches Bier hatte ich erst einmal, auf Stachus und Irenkas Hochzeit, heimlich probiert. Das hatte so lala geschmeckt. Andrzej grinste grotesk. Unser Aufgesetzter hatte ihm knallrote Clownslippen gemalt.

Der Topf ging weiter hin und her, und wir zählten auf: Nie wieder Feldarbeit! Nie wieder in roter Sporthose und weißem Turnhemd das Land bejubeln! Nie wieder den PGR-Direktor abwimmeln! Jeden Monat, wenn seine Frau ihre Periode hatte, soff der Direktor tagelang durch und klingelte irgendwann verzweifelt bei uns, um sich eine *Halba* zu borgen, die ich erst rausrückte, wenn er drohte, andernfalls in mein Bett zu hüpfen.

Irgendwann beschlossen wir, Andrzejs Mutter in Strzelce zu besuchen. Auf den Bus wollten wir nicht warten. Die paar Kilometer, so glaubten wir, würden wir auch ohne Weiteres zu Fuß schaffen. Schwer zu sagen, ob wir den Topf verloren hatten, weil wir unbedingt Wiesenblumen für Andrzejs Mutter sammeln wollten, oder ob wir ihn leer getrunken hatten. Ich weiß aber noch, dass meine Augenhöhlen zu brennen begannen, als wir über die Landstraße torkelten. Übelkeit pumpte in mir auf und ab, und ich hielt mir den Bauch. Die alten Beeren, der viele Zucker. Und vielleicht war auch das Mischverhältnis etwas zu krass ausgefallen. Ich schaute zu Andrzej. Der ließ sich überhaupt nichts anmerken.

»Nie wieder auf den Müllberg kacken, weil der alte Herr den Schlüssel von innen hat stecken lassen, nie wieder Kohlenschleppen, nie wieder ...« Je weiter Andrzej sich in seine Aufzählung hineinsteigerte, desto mehr revoltierte mein Magen. »Nie wieder Sonntagsmesse, nie wieder Beten vorm Schlafen, nie wieder mit dem Rohrstock auf die Finger, wenn wir im Unterricht Schlesisch reden ...«

Die rechteckigen, abgemähten Felder sahen aus wie Wellen, die Wrackteile vor sich hertrugen. Ich musste mich hinknien. Mich auf dem Asphalt abstützen. Andrzej dagegen hatte die Arme von sich gestreckt, in den Fäusten Mohnblumen, und drehte sich so schnell im Kreis, dass ihn ein Schein umgab. Vom Zusehen wurde mir immer schwindeliger. Die von Kastanien gesäumte Allee fing an zu schwanken, und auch die Straße schlug jetzt Wellen, in denen die Leitpfosten ertranken.

Dann ließ ein grässliches Quietschen uns zusammenfahren und die Ohren zuhalten. Stachus Jetta stand quer auf der Fahrbahn.

»Was ist denn in euch gefahren?«, schrie Stachu uns aus dem offenen Seitenfenster an. Er sprang aus dem Wagen und baute sich vor uns auf. »Ihr habt verdammtes Schwein gehabt, dass ich euch nicht über den Haufen gefahren habe. *Ja pierdolę!*«, fluchte und gestikulierte er wild mit den Armen, und in seiner Jeans-Fransen-Kluft hatte er plötzlich eine unverschämte Ähnlichkeit mit dem polnischen Adler.

»Hoho, Herr Stachu«, höhnte Andrzej von der Rückbank, nachdem der uns unter permanentem Fluchen schließlich doch in sein Heiligtum gelassen hatte. »Wie ich sehe, haben Sie großzügig eingekauft.« Andrzej hatte die mit Kabanosy, Frankfurterki und saftigen Leberwürsten gefüllten Tüten geöffnet. »Etwa für den lieben Herrn Papa?«, fragte er und kippte eine Tüte zwischen uns auf die Sitzbank aus.

»Das sind Lebensmittel, du gottverdammter Nichtsnutz«, schrie Stachu von vorne.

Andrzej grüßte militärisch.

»Ihr besoffenen ...« – Stachu Ogonek mochte zwar mit deutschem Auto und deutschem Pass zurückgekommen sein, auf dieser kurzen Strecke aber spielte er einwandfrei die Klaviatur polnischer Fluch-Kunst rauf und runter.

Andrzej jedoch ließ das völlig kalt. Der Reihe nach beschnüffelte er die Würste und fuhr mit der Zunge darüber. »Mmmmmhh«, machte er bei jeder einzelnen, und wie der alte Ogon zog er dabei mit Daumen und Zeigefinger seine Oberlippe straff.

Als wir die Wohnblocks erreichten, ging Stachu voll in die Eisen, der Wagen machte eine halbe Drehung auf dem Schotter. Andrzej kippte zu mir herüber und verteilte dabei einen Schwall dunkelroter Kotze über die Metzgerware. Es roch bestialisch. Stachu hechtete ums Auto herum, riss in einer fließenden Bewegung die Hintertür auf, musste sich einen Jeansflügel unter die Nase halten und zerrte mit dem anderen Arm Andrzej heraus.

»Mein schönes Auto!«, brüllte er.

Andrzej knallte mit dem Gesicht voran auf die Wiese. Und als wolle er einen Freistoß schießen, trat Stachu ihm in den Bauch. Andrzej schnappte nach Luft, verschluckte sich und rollte zusammengekrümmt zur Seite.

Ich kauerte noch immer auf der Rückbank. Zitternd vor Angst, Stachu würde auch mich so verdreschen. Durch die Autoscheibe beobachtete ich, wie er sich zu Andrzej hinunterbeugte und wie ihm dabei die Sehnen im Nacken hervortraten.

»Wenn du so weitermachst, Dombrowski, können wir dich bald neben deine Mutter in die Erde legen«, hörte ich ihn zischen.

Schließlich holte er mit angewiderter Miene die Monatsration an Würsten aus dem Auto und trug die versaute Ware laut fluchend zum Müllberg.

Erst als Stachu im Hauseingang verschwunden war, wagte ich es, aus dem stinkenden Jetta hervorzukommen.

Andrzej atmete laut. Ich beugte mich zu ihm, fasste nach seiner Schulter. Er knurrte. Ich hielt ihm den Streifen bunter Kaugummikugeln hin. Er schnappte danach und schleuderte ihn weg. Vorsichtig legte ich mich neben ihn auf die Wiese. Ich verschränkte die Hände hinterm Kopf und blinzelte in den leicht bewölkten Himmel. Die Gardinen in den Fenstern bewegten sich. Wir hörten die Autos über die Landstraße nach Lichynia und nach Strzelce fahren, aber keines hielt mehr bei uns an. Es wurde laut, als die Mähdrescher über die Hügel auf die Landstraße zumarschierten. Hummeln und Luzernenhalme schwebten durch die Sommerluft.

»Nie wieder Mähdrescher schauen«, sagte ich, denn das war es doch, wovon wir wirklich wegwollten. »Nie wieder ...«, spielte ich weiter und dachte, das würde Andrzej freuen, ihn irgendwie trösten.

Mein Freund hob den Kopf, gerade so hoch, dass mich seine verquollenen Augen anvisieren konnten. Er spuckte einen Grashalm aus. Blut lief ihm aus der Nase.

»Kennst du also das Märchen von der Schlange?«
Ich schüttelte den Kopf.
»Verpisssssss dich!«

Das dritte Auto von außerhalb hielt einige Tage später für uns. Ich hockte mich zu Mutter auf die Rückbank, während Vater vorne einstieg und Herrn Hübner, unserem Fahrer, große Scheine in die Hand zählte. Hupend und aus den Fenstern winkend, bogen wir auf die Landstraße ein und machten uns davon. Meine weinende Tante, mein winkender Onkel, meine Cousins und Cousinen, Ola Ogonek, mein bester Freund Andrzej, die Wohnblocks, die Schnapsfabrik, die Wiesen und Felder und alles Vertraute blieben zurück. Ich schaute noch lange durch die Heckscheibe, und als kein Geruch von Brennholz, frischem Heu oder gepanschtem Aroniabeeren-Sirup mehr durch meinen Kopf schwirrte, sagte ich zu mir selbst: »Nie wieder Salesche.«

KAPITEL 2

Wir kamen im oberschlesischen Teil Polens zur Welt. Wir wurden katholisch getauft. Wir beteten zu Gott. Wir besuchten sonntags seine Kirche, und nach der heiligen Messe aßen wir gemeinsam zu Mittag. Meine Eltern und ich. Oma und Opa. Hin und wieder kamen Tanten, Onkel, Cousins und Cousinen dazu. Jeden Sonntagmittag wurde in unserem Wohnzimmer der Tisch erweitert, wurden Stühle dazugeholt, so saßen wir dann zusammen als große Familie Sobota.

In weißem Porzellan servierten wir als ersten Gang Nudelsuppe. Dann Kartoffelklöße und Rotkohl und gebratenes Fleisch von den Tieren aus unserem Stall. Wir hielten Hühner, Enten und Gänse, und mit unseren Nachbarn teilten wir uns ein Schwein. Nach dem traditionellen Sonntagsessen blieben wir am Tisch sitzen. Schnaps und Anekdoten wurden ausgepackt, und wir lachten viel und erinnerten uns an die, die nicht mehr bei uns sein konnten. Das hatte Tradition in unserer Familie.

Doch dann war es zum Zerwürfnis mit Oma Agnieszka gekommen. Seitdem hatten wir auch an den Sonntagen nur noch zu dritt am Tisch gesessen.

Der Proviant drohte nach vorne zu hoppeln. Mutter und ich mussten mit je einer Hand die randvolle Tasche festhalten, mit der anderen krallten wir uns in die Sitzpolsterung. Brötchen, mit Butter beschmiert und mit hart gekochten, in Scheibchen geschnittenen Eiern belegt, eine Thermoskanne Kaffee, Wasserflaschen, Salzstangen, nicht zu vergessen die Einmachgläser mit Gewürzgurken und eingekochtem Sellerie, und ich weiß nicht, was sonst noch alles, waren in der Provianttasche verstaut.

Unserem Fahrer schien es egal zu sein, dass der Combi über die auseinanderklaffenden Betonplatten hämmerte und dass davon die Stoßdämpfer kaputtgehen konnten. Jedes Mal, wenn er auf die Uhr blickte, war das der Auftakt für sein nächstes Überholmanöver. Dabei zog Hübner sich mit gefletschten Zähnen ans Lenkrad, wich auf die Gegenspur aus und beschleunigte weiter. Weil das Lenkrad nicht herauszureißen war, klebte er mit der Stirn an der Windschutzscheibe. Der Motor jaulte wie ein sterbendes Schwein, die Tachonadel zitterte nach rechts, wir wurden von ungekannten physikalischen Kräften in die Sitze gedrückt. Auf der Höhe des zu überholenden Fahrzeugs drehte Hübner den Kopf nach rechts und schaute so grimmig hinüber, dass nur jemand, der noch wahnsinniger war als er, auf die Idee hätte kommen können, uns auf dieser Strecke wieder zu überholen. Stachus Kamikazefahrt mit Vollbremsung war vertrauenerweckend gewesen gegen Hübners Versuchen, die Schallmauer zu durchbrechen. Allein beim Gedanken an den Proviant drehte sich mir fast der Magen um.

Freu dich gefälligst, Sobota.
Als Kiefernwälder an uns vorbeirauschten, hatten wir das Grenzgebiet erreicht. Die Bäume waren hoch gewachsen wie Plattenbauten. Größtenteils war das Astwerk von den Stämmen geschlagen, nur oben trugen sie ihre Krönchen. Vater sagte, das sei so, damit sich keiner im Wald verstecken könne.

Hübner hielt erneut die funkelnde Armbanduhr hoch. Doch diesmal bremste er ab. Kurz vor der Grenze verließ sein Kombi die Fahrbahn und hielt auf eine abgelegene Raststätte zu. Statt an die Zapfsäulen zu fahren, umkurvte er die Station und kam auf einem Parkplatz dahinter zum Stehen.

Hübner holte ein Stofftaschentuch hervor und wischte sich den Schweiß von der Stirn. »Bitte. Geht alle ein letztes Mal in eurer geliebten Heimat pissen«, sagte er und schritt mit einem Stück Schlauch in der Hand auf die fast schon im Wald stehenden Taxis zu.

Neben den Parkplätzen erstreckte sich eine Reihe kleiner, schäbiger Marktstände. Dreckige Glühbirnen und Ventilatoren hingen von provisorisch zusammengezimmerten Holzdächern.

»Macht ihr zuerst.« Vater schüttelte sich die Beine aus. »Ich bleibe beim Auto.«

An einem Marktstand waren Zigarettenstangen aufgetürmt. Daneben baumelte über Pendeltüren ein Schild – *BAR*. Der Laden daneben verkaufte Zeitschriften, Getränke, Video- und Musikkassetten. Besonders gut schien das Geschäft allerdings nicht zu laufen, die Cover waren staubig und ausgeblichen.

»*Prosze bardzo.*« Ein Verkäufer knackte Sonnenblumenkerne zwischen den Zähnen auf und spuckte die Schalen neben sich auf den Boden. »Was darf's sein?«

»Nur zur Toilette«, sagte Mutter und zog mich weiter. Frühmorgens hatte sie sich Lockenwickler ins Haar gedreht, geschminkt, Parfüm aufgelegt. Sie hatte sich rausgeputzt, als würde sie zu einer großen Familienfeier aufbrechen.

Ich beeilte mich, so schnell wie möglich aus der Klokabine herauszukommen. Wieder draußen, musste ich auf Mutter warten. Ich lehnte an einer Brüstung, so wie ich es bei Sylvester Stallone in *Over the Top* gesehen hatte. Genau so. Jedenfalls, bis mir die jungen Frauen am Straßenrand ins Auge fielen. Eine hübscher als die andere. Die Schönheit mit den langen, kohlrabenschwarzen Locken trug ein hellgrünes, sehr eng anliegendes Kleid und um die Hüfte eine Bauchtasche. Die noch größere Blondine zupfte an ihrem Paillettenoberteil herum, als ein Auto heranfuhr. Sie winkten, als wollten sie per Anhalter mitfahren, doch das Auto sauste an ihnen vorbei. So schöne Frauen an einer so gottverlassenen Raststätte? Die Bedeutung des Wortes *Kurwa* kannte ich schon lange, aber ich hatte bis dahin noch nie eine gesehen. Und ich fragte mich, wie diese schönen Frauen hier hingekommen waren und wohin sie gingen, wenn sie nach Hause gingen.

Da hakte mich Mutter plötzlich mit dem Arm unter. »Nicht trödeln, Jareczek.«

Natürlich befreite ich mich sofort aus ihrem Griff.

»Komm schon«, ließ sie jedoch nicht locker. »Papa macht sich sonst in die Hose.«

Vater hatte sich allerdings einige Meter von Hübners Kombi wegbewegt und war umringt von kitschigen Gipsfiguren. Ein Zwerg mit geschulterter Spitzhacke und Laterne schien ihm besonders zu gefallen. Er hob ihn hoch, inspizierte ihn von allen Seiten.

Ein dubioser Verkäufer schwang sich aus seinem Schaukelstuhl. »Der Bergmann. Ist auch mein Liebling.«

Vater lächelte.

»Ich mache Ihnen einen guten Preis.«

»Was meinst du, Jagódka?« Vater reckte den Zwerg in die Höhe.

»Arek ...« Mutter ging die restlichen Schritte wortlos auf ihn zu, vermutlich, um nicht schreien zu müssen. »Wo soll der hin?«, flüsterte sie gepresst.

»Sobald wir einen Garten haben ...«

»Garten?«

»Du hast ihn dir gar nicht richtig angesehen.«

»Wozu? Wir haben keinen Platz für so einen Quatsch.«

»Ich weiß, ich weiß. Ich dachte, später könnten wir den doch in unseren Garten stellen. So ein Zwerg macht sich bestimmt prächtig.«

»Allerdings«, pflichtete der Verkäufer bei. »Ist sehr modern zurzeit.«

»Da hörst du's.«

»Und wo im Auto willst du den noch hinpacken?« Mutters Stimme wurde jetzt doch lauter. »Der Kofferraum ist voll, und hinten will ich das Ding nicht haben.«

»Ich genauso wenig«, ergänzte ich schnell.

»Halt du dich da raus«, sagte Vater zu mir, und zu seiner Frau: »Der kommt auf meinen Schoß.«

»Auf deinen Schoß?«

Er zuckte mit den Schultern.

»Hast du vergessen, was wir abgemacht haben?«

»Ich weiß, ich weiß, *Kochanie*. Aber schau mal.« Vater drehte ihr den Gartenzwerg von allen Seiten hin.

»Wir haben die schönen Porzellanvasen verkauft und das Weihnachtsgeschirr und ... Ich mag mich gar nicht dran erinnern. Und jetzt willst du diesen ... was soll das sein? Diesen ... Dödel mit Zipfelmütze mitschleppen?«

Ich drückte Vater mittlerweile uneingeschränkt die Daumen. Die Vorstellung, er würde mit diesem hässlichen Zwerg auf dem Schoß durch halb Deutschland fahren, war zu köstlich.

Und auch der Verkäufer witterte seine Chance. »Halten Sie ihn mal, gute Frau. So ein Exemplar werden Sie in Deutschland lange suchen. Und erst recht zu dem Preis.«

Missbilligend drehte Mutter sich von ihm weg und zu ihrem Mann hin. »Wenn die an der Grenze den Kofferraum aufmachen und dann diesen –«

»Der kommt doch mit zu mir nach vorn.«

»Oh, Verzeihung. Dein neuer Kumpel aus Gips wird trotzdem die Aufmerksamkeit der Grenzbeamten auf sich ziehen. Auf deinem Schoß sogar noch stärker. Und jetzt stell dir vor, die kapieren, dass das gar keine Urlaubsreise ist. Dann haben wir ein Problem ...«

»Im Gegenteil«, sagte Vater freudestrahlend. »Wir besuchen doch meine Mutter.« Er hob die Augenbrauen. »Und als anständiger Sohn bringe ich ihr ein Geschenk mit.«

»Ich bitte dich, so was niemandem zu schenken. Nicht mal deiner Mutter.«

»Natürlich schenke ich ihr nichts. Die wird genug haben. Aber ...«

Egal, was er auch einwandte, Mutter schüttelte gnadenlos den Kopf.

»*Kochanie*, du hast selbst gesagt ... Wir haben etwas abgemacht.«

Jetzt schlug Mutter die Hände über dem Kopf zusammen, ließ wegen der frischen Locken aber sofort wieder davon ab. »Gut«, sagte sie. »Was soll der denn kosten?«

»Zahlen die Herrschaften in Mark oder Złoty?«

»Ihr zahlt am besten gar nix.« Hübner stand neben seinem Auto. Benzinkanister in der einen, eine pralle Plastiktüte in der anderen Hand und einen Taxifahrer im Schlepptau. »Denn wenn ihr Pech habt, zahlt ihr für diesen Wicht noch Zoll obendrauf.«

Der Verkäufer widersprach ihm vehement. Doch als Hübner die Sonnenbrille abnahm, gab der Mann sich freiwillig geschlagen.

Vater stellte den Gartenzwerg wieder zu den anderen Figuren, schob die Hände in die Hosentaschen und kickte ein Steinchen über den Parkplatz. Dann verzog er sich in Richtung der Toiletten.

Inzwischen kippte Hübner staatlich subventionierten Kraftstoff in den Tank seines Autos. Er schraubte den Verschluss auf den leer gelaufenen Kanister und reichte ihn dem Taxifahrer. Dann platzierte Hübner noch die pralle Tüte sehr präsent im Kofferraum und schmiss mit einem Knall die Klappe zu.

Als wir alle wieder beisammen waren, setzte sich unser Fahrer hinter das Lenkrad, riss die Folie von einer Kassettenhülle ab, schob die Kassette ins Deck und drehte den Regler auf.
»*Auf der Straße nach San Fernando ...*«
Die hübschen Frauen standen weiter am Wegesrand. Als wir an ihnen vorbeifuhren, winkten sie auch uns zu, und ich winkte kurz zurück. Da fühlte ich mich tatsächlich für einen Moment so cool wie Sylvester Stallone. Und mit diesem Gefühl würden wir den Grenzübergang Olszyna passieren, zum ersten Mal durch Ost- und Westdeutschland düsen, und in den kommenden Tagen würden wir endlich Oma Agnieszka wiedersehen. Glaubte ich zumindest.

KAPITEL 3

Aber kaum befanden wir uns wieder auf der Autobahn, steckten wir im Stau fest, eingekeilt zwischen unzähligen Autos, Bussen und Kleintransportern, die anscheinend alle mit uns über die Grenze wollten. Hübner stellte den Motor und damit auch die Belüftungsanlage ab. Der Sprit sollte bis Friedland reichen. Wie ich fand, war das eine sehr optimistische Rechnung bei seinem Fahrstil. Es wurde augenblicklich so heiß im Wagen, dass wir alle Fenster runterkurbelten, um wenigstens einen Hauch von Abkühlung zu haben. Und dann überbrachte Hübner uns die sämtliche Pläne über den Haufen werfende Nachricht: Von den Taxifahrern hatte er erfahren, dass die zentrale Meldestelle in Friedland überlastet sei. Seit Tagen schon würde man dort alle neu Ankommenden abweisen.

»Und jetzt?«, fuhr Vater hoch. »War's das also für uns?«

»Beruhig dich, Arek. Ich bringe euch schon nach Deutschland.«

»Und dann? Sollen wir auf der Straße leben?«

»Keine Sorge.«

»Was ist mit Hannover?«, fragte Mutter. »Können wir nicht dort in ein Lager?«

»Ja!« Ich freute mich. Direkt nach Hannover! Das

war eine großartige Lösung. Friedland klang zwar idyllisch, aber Hannover, das war die Großstadt. Das war ... das war ... keine Ahnung, aber Oma lebte dort. Wieso sollten wir es umständlicher machen als nötig? Ich klatschte mit Mutter ab.

Vater verzog das Gesicht, als hätte er sich an Selbstgebranntem verschluckt.

»Keine Chance.« Hübners Sonnenbrillengläser füllten den Rückspiegel aus. »Erstens weiß ich nicht, wo sich in Hannover ein Lager befindet. Zweitens liegt die Stadt im selben Bundesland wie Friedland und wird deshalb auch über dieselbe Verwaltung abgewickelt. Und wie gesagt, die schicken alle weiter.«

»Und wenn wir tatsächlich zuerst zu Oma fahren, so wie es in der Einladung steht, ihre Adresse haben wir ja, und von da aus ...«

»Auf gar keinen Fall«, unterbrach mich Vater. »Sie hat die Einladung geschickt und damit genug.«

Nachdem Omas Einladung eingetroffen war, hatten meine Eltern etwa ein halbes Jahr gebraucht, um Reisepässe und Visa zu organisieren. Sie hatten den Maluch verkauft, den Schrebergarten abgetreten, unsere Habseligkeiten verteilt, bis wir nur noch so viel besaßen, wie in einen Kofferraum passte. In den letzten Tagen vor der Abfahrt hatten die Zimmer gespenstisch gewirkt. Die Gardinen hatten sie hängen lassen, und auch unser Name war an der Tür geblieben. Falls es schiefgehen sollte.

Ohne Einladung ging so was jedenfalls nicht. Die polnischen Behörden verlangten es. Ein Schriftstück, in dem jemand mit Wohnsitz in Deutschland – und dazu zählten weder Notwohnungen noch

Lageradressen – garantierte, uns für die Zeit unserer Visa bei sich aufzunehmen. Außerdem mussten wir den Behörden das Bargeld für die Reise vorzeigen. Mindestens 50 D-Mark pro Tag.

Wie gesagt, war die Einladung für uns nur Mittel zum Zweck. Und der Zweck war, Polen für immer zu verlassen. Wenn wir aber in Deutschland bleiben wollten, mussten wir in einer zentralen Aussiedlerlandesstelle unsere Anträge einreichen, solange unsere Visa gültig waren.

»Die nächste mir bekannte Aufnahmestelle liegt im Ruhrgebiet«, erklärte uns Hübner. »Gut zweihundert Kilometer weiter.«

»Ruhrgebiet?«, fragte Mutter.

»Nordrhein-Westfalen.«

»Nordrhein-Westfalen klingt doch prima«, sagte Vater auffallend schnell und als wüsste er irgendetwas über den Landstrich. Er kannte zwar Schalke, den BVB und eventuell den VfL Bochum, aber das war's dann auch schon. Was ihn wirklich freute, war offensichtlich: Nordrhein-Westfalen lag weiter weg von Oma Agnieszka.

Ich war fassungslos. Wir vertrauten Gerüchten, die Benzin verhökernde Taxifahrer an der Grenze von Durchreisenden aufgeschnappt hatten. Bei uns im Dorf ging so was klar, aber doch nicht in dieser heiklen Situation.

»Nordrhein-Westfalen klingt doch prima«, äffte ich Vater nach.

An seiner Schläfe zeichnete sich die Anspannungsader ab wie ein Fluss auf der Landkarte.

Ich dachte an Andrzejs Worte, Oma habe sicher

etwas wiedergutzumachen.« Sie hat die Einladung doch nicht ohne Grund geschickt«, sagte ich. »Ich bin sicher, sie will auch, dass die Familie endlich wieder zusammenkommt.«

Vater fuhr herum und blaffte mich an, mir diesen Quatsch schleunigst aus dem Kopf zu schlagen.

Hübner atmete laut aus. »Klärt das untereinander, Leute. Ich würde euch aber raten, keine Zeit zu verschwenden und direkt ins Ruhrgebiet zu fahren.« Er schnallte sich ab und stieg aus. Die Fahrertür ließ er wie ein Scheunentor offen stehen. »Arek, falls der Konvoi in Bewegung geraten sollte«, sagte er, »rutschst du auf meinen Platz und fährst vor, hörst du? Schlüssel steckt. Ich geh mir mal die Beine vertreten.«

Vaters Gesicht hellte sich auf. Er rutschte sofort auf den Fahrersitz rüber.

»Glaubst du Hübner?«, fragte Mutter nach einer Weile.

Vater knetete mit beiden Händen das genoppte Leder des Lenkrads. »Was?«

»Ob du Hübner die Geschichte von den Taxifahrern glaubst?«

»Wieso nicht? Denkst du, er hält uns zum Narren?«

»Ist doch seltsam.«

»Stachu Ogoneks Karre ist reinster Schrott im Vergleich hierzu«, sagte Vater und rutschte mit dem Hintern auf dem Sitzbezug aus Holzperlen hin und her.

»Er wohnt doch in der Nähe von Dortmund«, sagte Mutter. »In Nordrhein-Westfalen.«

»Ja, und?«

»Er müsste also keinen Umweg fahren und könnte auch noch die längere Strecke berechnen. Vielleicht linkt er uns.«

»Aber ich habe ihn doch schon im Voraus bezahlt.«

»Da dachte Hübner auch noch, er muss uns nur nach Friedland bringen. Hinterher wird er dir die gesamte Strecke berechnen.«

»Das ist sein Pauschalpreis«, erwiderte Vater, an den Holzperlen zwischen seinen Beinen zupfend. »Er hätte dasselbe verlangt, wenn er uns nur bis nach Berlin hätte kutschieren sollen. Für Hübner wäre es sogar lukrativer, uns früher loszuwerden. Durch unseren Ballast frisst der Motor Sprit wie ein Traktor.«

Mutter hatte den Kopf in den Nacken gelegt und musterte die Innenverkleidung des Wagens.

»Wie viele Menschen passen denn ins Lager Friedland?«, fragte ich.

»Voll ist voll«, seufzte Mutter.

KAPITEL 4

Opa Edmund wohnte in *Korea*, einer mit tiefen Schlaglöchern gespickten Straße, in der die abrissreifen Häuser und die noch bewohnbaren immer schwerer voneinander zu unterscheiden waren. Weil in der gesamten Siedlung mit Kohle geheizt wurde, lag so viel Dreck in der Luft, dass die Fassaden vom Ruß verschmiert waren. Im Sommer wurde die Wäsche draußen zwar rasch trocken, blieb aber nie richtig sauber. Und die Winter waren besonders schlimm. Die Luft roch dann scharf und kratzte im Hals. Und weil die Kohlenrationen nie über die gesamte Winterzeit reichten, wurde alles Brennbare in den Öfen verheizt. In *Korea* wirkte es, als sei nicht der Kommunismus, sondern der Krieg zu Ende gegangen.

Als wir in die Straße einbogen, kam gerade Frau Trojanowa mit ihrem leeren Bollerwagen ums Haus.

»Hat sich wohl rumgesprochen, dass wir nicht mit leeren Händen kommen«, sagte Vater und zwinkerte Mutter zu.

Meine Eltern gingen davon aus, dass Opa Edmund die angekündigten Gegenstände aus unserer Wohnungsauflösung schnellstmöglich zu Barem machen würde. Jedes Mal, wenn wir ihm etwas mitgebracht hatten, war es beim nächsten Besuch entweder *kaputtgegangen* (Geschirr) oder gerade bei einem namenlosen Bekannten *in Reparatur* (Kassettenrekorder), oder es war ihm während eines Kneipenbesuchs *geklaut* worden (Armbanduhr). Wir stiegen die morschen Holztreppen hinauf ins erste Stockwerk. Die Wohnungstür wurde seit dieser einen Silvesternacht nicht mehr abgeschlossen. Auch jetzt noch, obwohl Oma schon lange nicht mehr dort lebte. Ich klopfte, um uns anzukündigen, erwartete keine Reaktion, sondern drückte die Klinke, und wir traten ein. In der Wohnung hing sauer der Geruch von Kohl und Zwiebeln und brauner Soße. Anscheinend hatte Opa tagelang Essen offen liegen lassen und es dann wieder aufgewärmt. Seit er allein lebte, hatte er erschreckend abgenommen.

Rauchend saß er am Fenster. Er friemelte Tabakfasern aus seinem Mund, schnippte sie auf den Holzfußboden und rieb sie mit seinem Schlappen in die Ritzen. Dann stützte er sich am Gehstock auf und schlurfte zum Gasherd, um einen Kessel Wasser aufzusetzen.

Mutter setzte sich auf einen freien Holzstuhl.

Vater ging mit Händen in den Hosentaschen zum Kachelofen und lehnte sich an. »Wir wollen dich nicht lange stören«, sagte er.

Opa wirkte zerstreut. Er durchforstete hektisch die mitgebrachten Taschen, befühlte das Revers eines schwarzen Anzugs. »Ist der für mein Begräbnis?«

Vater hielt eine Hand hoch und rieb den Daumen am Zeigefinger. Pinke, Pinke. Dann schob er die Hand wieder in die Hosentasche.

Achtlos warf Opa den Anzug auf einen Stapel vergilbter Detektivmagazine für Erwachsene. Der kam ins Rutschen und stürzte auf den Plattenspieler, der schon seit Ewigkeiten defekt war. Ihn scherte das nicht.

»Habt ihr Tassen mitgebracht?« Er inspizierte bereits die nächste Tasche.

Vater ließ stumm den Blick durch sein altes Zuhause schweifen.

»Du hast doch gesagt, du hättest genug Geschirr«, antwortete Mutter. »Sonst hätten wir dir welches übrig gelassen.«

Opa Edmund ließ von den Taschen ab und stützte sich auf seinen Gehstock. Er kriegte die Füße kaum noch hoch. Mit dem Saufen hatte er diesen Schlurfgang entwickelt, auch wenn er behauptete, es sei das Alter, das würden wir auch noch erleben. Unter laufendem Wasser spülte er mit den Fingern seine drei emaillierten Blechtassen und stellte sie – noch feucht – für uns auf den Tisch. Er nahm die Duftgeranie, ein braunes Gerippe, und hielt sie ebenfalls unters Wasser. Aber die Erde war so hart, dass die Flüssigkeit sich staute und über den Topfrand lief.

»EDMUND?«, schallte Frau Trojanowas Stimme vom Hof herauf.

Opa hielt inne.

Dann noch mal die Trojanowa: »EDMUND? HAST DU WAS FÜR MICH?«

Mutters Mundwinkel kämpften mit einem Lachen. Auch ich riss mich zusammen, nicht über die eingetretene Prophezeiung loszugackern. Nur Vater schien mit den Gedanken ganz woanders zu sein.

Seine Augenlider waren halb geschlossen, sein Kopf gesenkt.

Opa schlurfte durch die Küche. Er orientierte sich einen Augenblick, dann zog er einen Bleistift aus der Hosentasche und verriegelte damit wortlos das Fenster. Er legte den Gehstock auf der Fensterbank ab und setzte sich wieder auf seinen Platz. Durch die schmutzige Scheibe schaute er auf die gegenüberliegende Hauswand. Man konnte dem Kratzputz beim Abblättern zusehen, Backsteine lagen frei, und die Fensterrahmen waren von der Witterung abgeschmirgelt.

»Wie schnell die Leute vergessen, was die Deutschen hier angerichtet haben«, sagte er.

Vater schaute auf, erwiderte aber nichts.

»Und jetzt wollen alle unbedingt dahin«, legte Opa nach.

»Alle?«, fragte Vater leise.

»Ich nicht«, sagte Opa.

Vaters geballte Hände waren durch den Hosenstoff zu sehen. »Dafür wird in Deutschland kein Kriegsrecht verhängt«, sagte er mit ruhiger Stimme, den Blick auf den Emaille-Becher geheftet. Er seufzte und ergänzte: »Seit langer Zeit jedenfalls nicht mehr.«

»War das kleinere Übel«, sagte Opa.

»Für wen?«

»Alle.«

Mutter war nun gar nicht mehr zum Lachen zumute. Sie verschränkte die Arme und hielt sich entschieden betont aus dem Gespräch heraus.

»Angeblich vergessen die Leute, was die Deutschen hier vor einem halben Jahrhundert angerichtet haben, ja?«

Jetzt trafen sich ihre Blicke doch.

»Aber was hier vor nicht mal zehn Jahren ablief, interessiert genauso wenig.«

Natürlich unterschlug Vater die Wahrheit an dieser Stelle maßlos. Viele Menschen wollten genau aus dieser Erfahrung heraus so schnell wie möglich weg aus Polen. Als vor zehn Jahren die Wirtschaft endgültig den Bach runtergegangen war, Lebensmittel knapp wurden und dann die Preise explodierten, und als die großen Streiks begonnen hatten, hatte der Staat mit ungeahnter Härte reagiert. Das Kriegsrecht war ausgerufen worden. So hatte Vater es mir oft und mit nie nachlassendem Eifer und bei jeder sich bietenden Gelegenheit erzählt. Von da an hatte das Militär die landesweite Kontrolle sämtlicher Behörden übernommen. Selbst die Nachrichten wurden von uniformierten Offizieren vorgetragen. Telefonverbindungen zwischen den Städten lahmgelegt, nächtliche Ausgangssperren verhängt, Militärfahrzeuge fuhren durch die Straßen, und Milizen kontrollierten Leute wie meinen Vater, die sich zu später Stunde nur dann draußen aufhalten durften, wenn sie zur Schicht in die Zeche fuhren. Im Norden hatten die Werftarbeiter unter Generalverdacht gestanden, Feinde der Volksrepublik zu sein, bei uns im Süden waren es die Bergmänner gewesen, die immer wieder in Streik getreten waren.

»Aber Junge, sonst wären hier 81 die Sowjets einmarschiert. Und hätten die Ordnung auf ihre Art hergestellt.« Opa schüttelte den Kopf nach dem

Motto: Das hättest du noch viel weniger gewollt.
»Die Toten in Katowice wären dann nur eine Kleinigkeit gewesen. Glaub mir.«

»Jaruzelskis Propaganda ist bei dir erfolgreich hängen geblieben.«

Opas Wangen blähten sich kurz auf. »Die Brillenschlange hat doch tagelang auf beiden Kanälen wiederholt, dass das Kriegsrecht ausgerufen sei. War schwer zu verpassen.«

»Ach so? Dann hat der Fernseher ja seinen Zweck erfüllt, Vater. War doch ein schönes Geschenk. Von meinem dreizehnten Gehalt.« Er schaute sich demonstrativ um, in der Wohnung gab es keinen Fernseher.

Opa friemelte jetzt noch mehr Tabak aus seinem Mund. Seine Finger waren geschwollen, die Nägel am Zeige- und Mittelfinger braungelb verfärbt. Er legte seine großen, runzeligen Hände auf der Tischkante ab. »Ich habe immer das Beste für dich gewollt.«

Vater starrte aus dem Küchenfenster. »Das wollte Mutter angeblich auch«, sagte er mit gespielter Rührung. »Und? Was hat es mir genützt?«

Opa hustete. Dann wurde er still. Schließlich räusperte er sich. »Sie hat dich nur vor Schlimmerem bewahren wollen. Roman Dombrowski hätte dich noch in den Knast gebracht«, sagte er, und kurz wirkte es, als wollte er noch mehr hinzufügen, aber er brach ab und behielt, was auch immer da noch hätte kommen sollen, für sich. Seine Brust bewegte sich schwer. Er hielt sich weiter an der Tischkante fest und die Augen geschlossen. Ausharren, das konnte er. Den halben Tag im Fenster hängend oder in der Bar oder auf einem Plastikstuhl davor, als würde er mit einer Engelsgeduld auf etwas warten. Aber auf was? Dass die Zeit es sich anders überlegen und rückwärtslaufen würde? Dass Oma Agnieszka zurückkam und so tat, als wäre nie etwas vorgefallen?

Opas Augen öffneten sich wie zwei Regenschirme. »Ich jedenfalls bleibe hier, bis auch Salesche wieder deutsch ist.«

Der Wasserkessel pfiff. Mutter bat mich, uns Teewasser einzuschenken. Vater gab mir ein Handzeichen und ging selbst zum Gasherd und drehte die Flamme ab. Den Kessel ließ er jedoch stehen. Er kam zurück zum Tisch, zog die andere Hand aus der Hosentasche und reichte sie seinem Vater, der immer noch dasaß. Zwischen den Fingern hatte er zusammengeknüllte Geldscheine. Sie schüttelten Hände. Und dann sagte mein Vater zu seinem Vater wie zu einem Kumpel: »Pass auf dich auf!«

Und Opa sagte: »Danke, Junge. Du auch.«

Opa Edmund drückte mich zum Abschied fest und lange an sich. Er flüsterte mir ins Ohr, ich solle noch einen Moment bleiben, meine Eltern waren da bereits im Treppenhaus verschwunden. Er holte ebenfalls etwas aus seiner Hosentasche. Einen Augenblick lang glaubte ich, er würde mir die zugesteckten Geldnoten mitgeben. Aber so einer war mein Opa nicht. Stattdessen zog er einen Schlüssel hervor, um die Schublade der Küchenkommode zu öffnen. Er holte eine rechteckige Schatulle ans Licht und strich mit den Fingern über das Blumenmuster im Holz.

»Ihr werdet ja auch nicht mehr zurückkehren.«

»Opa, bitte, sag so was nicht.« Er konnte nicht in die Zukunft blicken, genauso wenig wie ich. Ihm zu versprechen, irgendwann zurückzukommen, war allerdings genauso heuchlerisch. Er war kein Kind mehr – und ich kein Erwachsener.

»Ist kein Vorwurf, Jarek. Ihr macht das Richtige.« Er lächelte. Stolz? Zufrieden? Erleichtert? Auf jeden Fall lächelte er, wie ich es selten bei ihm gesehen hatte.

»Ich werde Agnieszka nicht mehr wiedersehen. Tust du mir deshalb einen Gefallen?«

»*Serio.*«

Er hielt mir die Schatulle hin. »Gib ihr die von mir.«

»Was ist da drin?«

»Pass einfach gut drauf auf. Bitte!«

»Ist es etwas Wertvolles? Schmuck?«

»Erde«, sagte Opa zerknirscht.

Hatte ich mich verhört? Er öffnete die Schatulle und ließ mich kurz hineinsehen. Sie war tatsächlich bis zum Rand mit Erde befüllt. Dann klappte er den Deckel wieder zu.

»Agnieszka hat gesagt, wo auch immer sie eines Tages beerdigt wird, es soll Heimaterde auf ihrem Sarg liegen. Du weißt ja, wie sie ist. Ich habe Erde vom Friedhof reingepackt. Sag ihr das.« Er hielt inne, wischte sich mit der Hand über den Mund. »Und sag ihr, es tut mir leid.«

KAPITEL 5

Seit geraumer Zeit war Hübners Auto keinen Zentimeter mehr vorangekommen. Auf der Gegenspur bretterte ein Cabrio hupend über die Autobahnplatten in Richtung Schlesien. Die Beifahrerin hatte sich hingestellt und ließ einen schwarz-rot-gelben Schal am ausgestreckten Arm flattern. Im Radio hieß es, der Stau vor unserem Grenzübergang betrage zwölf Kilometer.

Ich stieg aus. Hinter uns zwei schier endlose Schlangen aus Autos, Bussen und Lkw. Ein Mann stand auf der Motorhaube seines Wagens und versuchte zu erspähen, was an der Grenze vor sich ging. Er hatte sich sein T-Shirt um den Kopf gebunden, Schweiß lief ihm über die haarige Brust. Ich schlenderte an der Leitplanke entlang. Dort, wo ich das Stauende vermutete, flimmerte die Luft. Am Firmament war der Mond bereits aufgegangen, und Pan Twardowski ließ seine Spinne an einem Faden zur Erde hinunter, um sich Neuigkeiten von dort berichten zu lassen. Als ich sah, wie am Fahrbahnrand eine Mutter mit ihrem Kind an der Hand aus einem Gebüsch stolperte und ratlos nach rechts und links schaute, weil sie ihr Auto in dem Chaos nicht mehr entdeckte, drehte ich schnurstracks um.

Ich setzte mich wieder auf den Rücksitz, wühlte

in der Provianttasche und entschied mich für ein Eibrötchen.

Es mussten Stunden vergangen sein, als Mutter den erlösenden Satz zu mir sagte: »Schau mal da, Jareczek, die Grenze.«

Ich hatte mir immer eine kilometerlange Grenzmauer mit Stacheldraht vorgestellt. Auf Wachtürmen stehende, bewaffnete Soldaten und Scheinwerfer, die nachts alles ausleuchteten – so ähnlich wie am Gefängnis in Strzelce. Ich hob den Kopf von der Provianttasche, die als Kopfkissen hatte herhalten müssen, nachdem ich sie halb leer gefuttert hatte. Die Windschutzscheibe war überzogen von zerplatzten Insektenkörpern. Ich blinzelte. Und dann das. Die Grenzanlage sah aus wie eine große Tankstelle mitten auf der Autobahn. Unter einem Wellblechdach begannen die Autoschlangen. Zäune liefen durchs Feld rund um die Anlage, das schon. Aber eine Mauer, so wie ich sie im Fernsehen in Berlin gesehen hatte? Fehlanzeige.

»Noch sind wir in Polen«, brummte Vater, wieder vom Beifahrersitz.

Vor uns machte der Trabant einen halben Meter gut. Bläulicher Abgasdunst stieg aus dem tropfenden Auspuffrohr hoch, und ständig waren diese explosiven Schnaufer der Lkw zu hören, als wären auch sie mit der Geduld am Ende. So mancher Fahrer saß rauchend oder gelangweilt an einer Stulle kauend auf der Leitplanke. Einer hatte die Gardinen der Fahrerkabine zugezogen und machte vermutlich ein Nickerchen. Die Lkw-Kontrollen dauerten noch länger.

Unter dem Wellblech standen Container, nicht größer als der Kaufmannsladen in Lichynia. Polizisten mit polnischer Flagge und Polizisten mit deutscher Flagge auf den Schultern, Brüder im Geiste, unterhielten sich vor dem Kantor-Stübchen.

»Jagódka, gib mir schon mal die Papiere.« Vater betrachtete sich im Seitenspiegel, modellierte seine Haare und korrigierte die Krawatte einen Millimeter nach rechts. Bei dem Wetter Krawatte? Aber hallo. Er hatte sich exakt so gekleidet wie auf seinem Passbild. Dem Passbild, das 1980 geschossen worden war und auch in seinem Grubenausweis klebte.

»Keine Panik, Arek.«

Unsere Pässe waren erst kürzlich ausgestellt worden und daher noch fast leer. Nur auf einer Seite klebte ein roter Sticker. Das Touristenvisum. Und weiter vorne das Porträtfoto. Grundsätzlich sehe ich auf Fotos schlimmer aus als in Wirklichkeit. Mein Passbild jedoch war die Krönung: Topfschnitt, zur Seite schauend und in den kratzigen, selbst gestrickten Pullover gezwängt, den Oma Agnieszka zu Weihnachten geschickt hatte. Schon damals an Peinlichkeit schwer zu überbieten. Zum Glück wuchs ich wie auf Hefe, und Omas Pulli passte mir längst nicht mehr, sonst hätte Vater mich womöglich gezwungen, darin nach Deutschland zu fahren.

»Zeigst du mir mal Omas Einladung?«

Mutter kramte in ihrer Umhängetasche. »Hab ich Papa gegeben.«

»Und bei mir bleibt sie auch.«

»Wieso?«

»Frag nicht so blöd.«

»Wieso?«, fragte ich nun erst recht. »Die Einladung ist doch eh nur Fassade.«

»Du fängst dir gleich eine!«

Hübner zog eine Tüte Eisbonbons hervor und hielt sie Vater unter die Nase. Der schüttelte den Kopf.

»Immer noch eingeschnappt wegen dem Gartenzwerg?«

Vater schaute hinaus, wo die Grenzbeamten sich mit Handschlag verabschiedeten. »Ihr hättet ihn wenigstens aus der Nähe ansehen können. Wenigstens das.«

»Geht das schon wieder los?«, zischte Mutter.

Hübner streckte ihr die Bonbontüte hin.

KAPITEL 6

Ich erkannte Vater einfach nicht wieder. Er hatte den Weg aus dem Wald barfuß und im Pyjama hinter sich gebracht. Fast einen ganzen Tag hatte er dafür benötigt. Dementsprechend lädiert und verdreckt sah er aus. Als er erschöpft auf der Couch vor uns zusammenbrach, versuchte ich, mir in Erinnerung zu rufen, wie mein Vater normalerweise aussah. Es fiel mir schwer. Es war, als hätte ich nie ein richtiges Bild von ihm in meinem Kindergedächtnis abgespeichert, obwohl bis dahin so gut wie kein Tag meines Lebens ohne ihn vergangen war. Ich hatte seine Statur vor Augen, aber Kopf und Gesicht verschwammen, wie es sonst nur in Träumen passiert. Sein gescheiteltes Haar fehlte, auch der Schnurrbart war abrasiert. Ein Auge wuchs sich zu einer überreifen Pflaume aus. Und selbst als Mutter ihm um den Hals fiel und ihn küsste wie ihren Mann, und mein Instinkt ebenfalls darauf pochte, dass das also mein Vater sein musste, konnte ich mich nicht zu ihm setzen. Ich fürchtete mich vor ihm.

Die ZOMO – eine paramilitärische Sondereinheit, die seit Beginn des Kriegszustands auf den Plan gerufen worden war – hatte nachts an unsere Wohnungstür gehämmert. Ahnungslos hatte Vater geöffnet, und sie hatten ihn – im Schlafanzug und wie einen Verbrecher – ins Auto verfrachtet und waren bis tief in den Wald mit ihm gefahren. Dort war er erst zusammengeknüppelt und gestiefelt, dann rasiert und schließlich zurückgelassen worden. Ihre Botschaft: Du treibst dich mit den falschen Leuten rum! Was sonst noch im Wald geschehen war, verschwieg Vater.

Die Zeit seiner Krankschreibung verbrachte er zunächst im Bett. Später, als er nicht mehr bei jedem Atemzug seine Rippen halten musste und ohne Hilfe herumlaufen konnte, wurde er immer seltsamer. Obwohl die allgemeine Ausgangssperre erst ab dem Abend galt, verließ er die Wohnung gar nicht mehr. Meist saß er in der Küche auf der Bank, von wo aus er die Landstraße beobachtete. Er machte sich Notizen, über die er keine Auskunft geben wollte. Er hatte selten Appetit. Er sprach wenig, dafür hörte er viel Radio und drehte die Lautstärke besonders hoch, als man von Verhaftungen in einem Bergwerk berichtete. Er legte sich spät ins Bett und wachte früh wieder auf. Das erste Mal vor die Tür trat er wieder, als er zurück zur Zeche musste.

Und dann war Vater einige Tage später noch verstörter heimgekommen und hatte unsere Wohnung auf den Kopf gestellt. Einen Brief, er suche einen Brief. In Gliwice am Bahnhof war er seinem alten Freund Roman Dombrowski in die Arme gelaufen. Als der ihn mit dem abschwellenden Auge und den raspelkurzen Haaren sah, hatte er sofort ein schlechtes Gewissen bekommen und sich bei Vater entschuldigt. Er hätte nie für möglich gehalten, dass so ein Brief mit ein paar läppischen Flugblättern gleich die ZOMO auf den Plan rufen würde.

Vater stand auf dem Schlauch. Was meinte sein Freund da bloß? Ein Brief, Flugblätter? Er hatte keine Post von Roman erhalten.

Der ominöse Brief blieb unauffindbar. Also begann er, erst seine Frau zu verhören, ob sie die Post aus Versehen weggeschmissen haben könnte. Später befragte er sogar mich, ob ich wieder Postbote gespielt hätte. Ich war damals noch ein kleines Kind gewesen, manchmal hatte ich mir eine von Omas alten Taschen umgehängt und so getan, als würde ich die Briefe austragen. Aber ich war schon alt genug, um niemals auch nur einen einzigen Brief zu entsorgen. Also zog Vater Gummistiefel und Handschuhe an und durchforstete den Müllberg. Doch von einem solchen Brief oder auch nur dem Umschlag fehlte weiter jede Spur.

Mutter versuchte, ihn zu beruhigen. Womöglich sei die Post von Roman Dombrowski niemals angekommen, weil sie die Behörden abgefangen hätten. Und da ergab für Vater auf einmal alles einen Sinn.

Als Oma Agnieszka ihren verletzten Sohn sah, hatte sie sinngemäß so etwas gesagt wie: Das hast du jetzt davon! Oft genug hatte sie versucht, ihn davon abzuhalten, sich der neuen Gewerkschaft anzuschließen. Die Tage im Krankenbett sollten ihm also eine Lehre sein. Auch wenn Oma keine Parteimitgliedschaft besaß, war sie doch eine Angestellte der Polnischen Post. Und das mit Stolz. Sie hielt ihre Uniform sauber, meldete sich nie krank, ließ niemanden auf die Lohntüte oder die Rente warten. Sie stellte Post aus Amerika zu, Liebesbriefe aus Bayern. Sie war zuverlässig, immer korrekt. Es müsste schon ein sehr unwahrscheinlicher Zufall gewesen sein, wenn ausgerechnet sie einen Brief an ausgerechnet ihren Sohn verschlampt hätte. Und nicht nur irgendeinen Brief, sondern einen von Roman Dombrowski geschickten. Was hatte sich Oma Agnieszka früher aufgeregt, wenn sie meinen jugendlichen Vater mit seinem besten Freund Roman zusammen gesehen hatte. »Halt dich bloß von der Dombrowski-Sippe fern!«, hatte sie ihm immer wieder ins Gewissen zu reden versucht. »Dein Freund bringt dich sonst noch in den Knast.«

Vater schlussfolgerte also messerscharf, dass seine Mutter den Brief unterschlagen hatte. Und wer außer ihr hätte die Kontakte zu den Kollegen von der Polizeiwache besser ausspielen und ihn damit ans Messer liefern können?

Oma war fassungslos. Wie konnte ihr Sohn nur so etwas glauben? Hatte die ZOMO ihm das Hirn herausgeprügelt? Natürlich wollte sie nicht, dass ihr Arek in Schwierigkeiten geriet, aber deshalb hätte sie doch niemals zugelassen, dass die Milizen ihn so misshandelten. Außerdem war sie eine pflichtbewusste Briefträgerin, nie hätte sie die Post anderer gelesen und schon gar nicht unterschlagen. Selbst wenn sie von einem Dombrowski kam. Ja, selbst dann. Das Postgeheimnis war ihr elftes Gebot.

Doch das hielt Vater nicht davon ab, sich weiter in seine Sicht der Dinge hineinzusteigern. Sie habe ihn schon immer bevormundet, ihn nur als nützlichen Idioten gesehen, der Geld nach Hause bringen und die Klappe halten sollte. Wenn sein Bruder Henyek hin und wieder mal von der Polizei nach Hause gebracht worden war, hatte er von Opa Prügel bekommen, aber Oma hatte ihn immer in Schutz genommen und die Hoffnung nie aufgegeben, dass er die nächste Chance nutzen würde. War Arek jedoch betrunken heimgekommen, weil er mit seinen Kumpels das dreizehnte Monatsgehalt gefeiert hatte, war Oma Agnieszka ihm aufs Dach gestiegen. In der Erinnerung meines Vaters an sein Elternhaus existierten weder Anerkennung noch Dank. Stattdessen die Ansage seiner Mutter: »Hör auf zu jammern, Arek. Erfüll deine Pflicht!«

Je länger er darüber nachdachte, desto überzeugter wurde er: Oma Agnieszka hatte ihn verraten.

Seit diesem Tag hatte er nicht mehr mit seiner Mutter geredet und einen großen Bogen um sein Elternhaus gemacht. Er hatte lange auch nicht gewollt, dass seine Frau oder ich dort einkehrten. Seit diesem Tag war Oma Agnieszka also auf Opa Edmund und Onkel Henyek zurückgeworfen gewesen – und das hatte alles noch schlimmer gemacht.

KAPITEL 7

Ich hatte Oma Agnieszkas gefaltete Hände früher oft beobachtet, ihre gesenkten Augenlider, ihren murmelnden Mund, ihr Sichbekreuzigen, ihr zufriedenes Lächeln hinterher, das die Gewissheit ausstrahlte, uns würde auf den bevorstehenden Fahrten nichts Schlimmes zustoßen.

Als jetzt auch wir aus Polen verschwanden, um Deutsche zu werden, betete niemand für uns. Stattdessen beobachtete ich die Passagiere im *Orbis*-Reisebus. Ein kleines Mädchen mit geflochtenen Zöpfen leckte die Scheibe ab. Der Mann im Sitz vor ihr schlief mit offenem Mund. Auf der anderen Seite der Grenze tauchte die Sonne langsam ab und färbte den Himmel blutorange. Bevor wir an der Reihe waren, verschob Hübner einen Regler am Armaturenbrett. Die Lüftungsanlage fing sanft an zu blasen, und ich weiß noch, wie laut mir die Geräusche unter dem Wellblechdach plötzlich vorkamen.

Der polnische Grenzer schaute uns nicht mal an, er deutete nur mit der Hand in Richtung seines deutschen Kollegen.

»Guten Abend.« Hübner steckte seine Sonnenbrille über den Rückspiegel.

Der deutsche Grenzpolizist grüßte fröhlich zurück und sagte auf Polnisch: »*Paszporty.*«

Hübner lehnte sich rüber. Vater hielt den Atem an, während Hübner seinen Pass aus dem Handschuhfach fischte. »Arek, eure Dokumente, bitte«, sagte er auf Deutsch, woraufhin Vater vor Schreck die Pässe aus den Händen glitten. Mutter unterdrückte ein Stöhnen. Vater klaubte schnell alles wieder auf, und Hübner reichte die Pässe durchs Seitenfenster. »Beruhig dich«, murmelte er auf Polnisch in Richtung Beifahrersitz.

Der Grenzpolizist ging mit den Dokumenten einmal ums Auto herum und prüfte flüchtig, was wir geladen hatten. Die Kofferraumklappe schwebte hoch. Einige Augenblicke später drückte sie der deutsche Beamte schon wieder runter. Er schlenderte weiter und postierte sich erneut neben dem Fahrerfenster. Meine Eltern lächelten freundlich und nervös in seine Richtung. Der Grenzpolizist fragte etwas. Meine Eltern lächelten noch freundlicher und nervöser. Dann sagte Hübner etwas auf Deutsch, das niemand von uns verstand, der Mann antwortete, Hübner kratzte mit Daumen und Zeigefinger an seinem massiven Unterkiefer und verstummte.

Der Grenzer blätterte durch Hübners Pass. Wobei es sich auch um ein Sammelalbum hätte handeln können, so viele Stempel waren darin verzeichnet.

Auch wenn es den Anschein machte, war Hübner kein hauptberuflicher Fahrer. Unter der Woche arbeitete er in Deutschland als Handwerker, jedes zweite Wochenende verbrachte er bei seiner Familie in Polen. Bei der Gelegenheit fuhr er regelmäßig

Leute, die das Land verlassen durften, rüber und kassierte zusätzlich ab. Vermutlich meinte er damit »Biznes«.

Der Grenzpolizist ließ sich Zeit. Er nahm den nächsten Pass und blätterte die blauen Seiten durch. Unsere Dokumente enthielten einen Stempelabdruck, der es uns erlaubte, in *alle Länder der Welt* zu reisen. Das stand da. Auf Polnisch, Russisch und Französisch. Der Beamte blätterte weiter und verglich Gesicht und Bild. Und dann der nächste Pass, diesmal ruhten seine Augen auf Vater. Der wurde bleich. Ich hörte ihn schlucken. Mutter drückte meine Hand. Der Mann legte den Kopf schief und fragte etwas, während Vater alles andere als wie auf dem Passbild guckte.

»Hannover?«

»Ja, ja«, meldete sich Mutter von der Rückbank. Vater nickte eifrig.

Dann redete der Grenzbeamte wieder mit Hübner, wobei ich mehrmals »Hannover« herauszuhören meinte.

»Sekunde«, sagte ich. »Fahren wir jetzt also doch nach Hannover?«

»Sei still, Jarek!«, presste Mutter zwischen ihren zu einem Lächeln eingefrorenen Lippen hervor. »Du weißt doch, wie das hier abläuft.«

»Aber vielleicht weiß der Grenzpolizist mehr als die Taxifahrer?«, sagte ich. »Vielleicht können wir doch direkt zu Oma fahren.«

Plötzlich drückte Mutter mir einen Fingernagel in die weiche Haut zwischen Daumen und Zeigefinger. Kalt lächelnd blinzelte sie mich an.

So was wie »Familie besuchen?«, fragte der Beamte auf Deutsch in die Runde.

»Ja, ja, ja«, nickten meine Eltern eifrig.

Der Mann hätte auch fragen können, ob in dieser Richtung der Rand der Erde liege, und die beiden hätten es umgehend bejaht.

In meinem Kopf hämmerte es. Vielleicht hatte Mutter recht. Vielleicht spielte Hübner Spielchen. Vielleicht erzählten die Taxifahrer auch nur Quatsch von gestern. »Herr Grenzpolizist?«, brach es aus mir heraus. »Sind Hannover und Friedland wirklich voll?«

Die Luft im Auto war auf einmal wie weggesaugt. Mutters Lächeln fiel ihr beinah aus dem Gesicht, und unter ihrem Fingernagel würde demnächst eine Blutfontäne hochschießen. Hübner schnaufte wie ein Lkw. In den Augen meines Vaters spiegelte sich das pure Entsetzen. Die Ader an seiner Schläfe pochte unkontrolliert, während sein Kiefer anschwoll, als hätte ihn eine Wespe gestochen. Ich konnte mir seine Gedanken bildlich vorstellen. Auf der Stelle erschlagen würde er mich vor den Augen des Grenzpolizisten allerdings nicht.

Während Vater seine Wut hinunterschluckte, zog Mutter ihren Fingernagel aus meiner Hand und zischte: »Halt jetzt bitte die Klappe!«

Ich schaute von ihr zu Vater und dann auf die sonnenverbrannte, schweißnasse Nackenwulst von Hübner.

Keiner sagte mehr was, niemand bewegte sich.

Doch eine Reaktion vom Herrn Grenzpolizisten ließ ebenso auf sich warten. Denn der hatte rein gar nichts kapiert. Anscheinend kannte er nur *Paszporty* und vermutlich noch eine Handvoll gängiger Beleidigungen, so wie die Deutschen, die ich in den nächsten Jahren treffen würde, sich vor allem für polnische Beleidigungen interessierten. Aber mehr auch nicht.

Der deutsche Beamte sagte dann noch etwas, das Hübner uns nicht übersetzte, und verschwand anschließend mit den Dokumenten in einem der Container.

Hübner kurbelte das Seitenfenster hoch. Im Auto wurde es wieder heiß, weil alle drei Erwachsenen gleichzeitig ausflippten. Ob ich den Verstand verloren hätte. Mit einem Grenzpolizisten über unsere Ausreisepläne zu reden, sei das Idiotischste, was mir habe einfallen können. Da hätte ich gleich ein Schild mit der Botschaft *Wir verschwinden für immer* ins Fenster kleben können. Vater drohte sogar, mich wie einen räudigen Köter an Ort und Stelle auszusetzen.

»Aber seit Wochen heißt es, wir fahren nach Friedland«, versuchte ich, mich zu erklären.

»Leidest du unter Amnesie? Du hast doch gehört, was die Taxifahrer über Friedland gesagt haben.«

»Was aber, wenn sich die Lage in Friedland geändert hat? Vielleicht sind dort wieder Plätze frei geworden. Das könnte doch sein.«

»Die DDR-Grenzer wissen das nicht«, meinte Hübner. »Und selbst wenn sie es wüssten, würden sie es uns nicht sagen. Allein aus ideologischer Überzeugung.«

Vater meckerte weiter: »Du hast mit Uniformierten grundsätzlich kein Wort zu wechseln, verstanden?«

»DDR-Grenzer?«, fragte ich erstaunt.

»Verdammt noch mal, Jarek, du hast Sendepause!«

»Wir hatten Glück, dass er bei Friedland nicht geschaltet hat«, sagte Hübner und stieß ein kurzes, spöttisches Lachen aus.

»Mehr Glück als Verstand«, knurrte Vater in meine Richtung und lockerte die Krawatte.

»Dein Vater hat recht«, sagte Hübner. »Du solltest nicht mehr als nötig mit der Polizei reden. Hat dir das der junge Dombrowski etwa nicht beigebracht?«

Wo vorhin noch Mutters Fingernagel gesteckt hatte, bildete sich nun eine violette Sichel. Ich drückte meine Lippen auf die Wunde, überzeugt davon, dass es den Schmerz linderte.

»Was passiert denn jetzt?«, fragte Mutter.

Hübner hob den behaarten Unterarm und schaute zur Abwechslung mal wieder auf seine Armbanduhr. Doch statt mit Karacho durch die Schranke zu brettern, lockerte er das Armband und nahm die Uhr ab.

»Ich schätze, der Bulle überprüft bei den polnischen Kollegen, ob mit den Pässen alles in Ordnung ist.« Hübner führte Handgymnastik durch, bevor er die Uhr wieder festschnallte und wie nebenbei hinzufügte: »Und danach nehmen die mein Auto auseinander.«

»*Kurwa*«, fluchte Vater.

»Arek!«, pflaumte Mutter ihn an. Sie tat noch

immer so, als sollte ich keine *schlimmen Wörter* lernen. Als hätte sie verdrängt, woher wir kamen.

»Das haben wir deiner hirnlosen Aktion zu verdanken«, regte Vater sich weiter über mich auf.

»Nein, das ist Routine«, sagte Hübner, gähnte und streckte den Rücken durch, sodass die Wirbel knackten. »Leute mit unterschiedlichen Nachnamen in einem Auto wie diesem sind immer verdächtig. Wobei ...«, er boxte meinem alten Herrn gegen die Schulter, »kennst du den? Roman, Wojtek und Andrzej Dombrowski fahren im selben Auto. Wer sitzt am Steuer? – Die Polizei.«

KAPITEL 8

Im Spätherbst 1982 war Oma Agnieszka nicht mehr heimgekehrt. Da Onkel Henyek zu der Zeit beim Militär diente, war es Opa Edmund zunächst gar nicht aufgefallen. Denn normalerweise kam Oma nach Hause, weit nachdem er ins Bett gefallen war. Dann setzte sie sich an die Nähmaschine und arbeitete noch ein wenig, bevor auch sie schlafen ging. Und manchmal blieb sie auch über Nacht weg. Wenn Edmund am nächsten Tag erwachte, war Agnieszka bereits wieder auf der Post. Opa schöpfte zunächst also keinen Verdacht. Erst Tage später registrierte er, dass einiges anders war. Der Kachelofen blieb kalt, die Kohlen waren aufgebraucht, die Töpfe leer, der Brotkasten war es auch, und seine Zigarettenstummel verstopften das Spülbecken. Kurz gesagt, die Wohnung sah noch genauso aus, wie er sie hinterlassen hatte.

Opa begann, Salesche nach seiner Frau abzusuchen. Er ging ins Postamt, in die Bäckerei, erkundigte sich bei der freiwilligen Feuerwehr. Er spähte in die Ställe des PGR, schaute in der *Zalesianka* vorbei, trank dort ein paar Bier, quatschte mit den Stammgästen, seinen Kumpels, fand aber nichts heraus. Er verbrachte den halben Nachmittag am Bahnhof, aber Agnieszka stieg aus keinem der Züge, und der Bahnhofswärter und auch sonst niemand wusste, wo sie abgeblieben war.

Ich schloss mich Opas Suche an. Der Kälteeinbruch hatte unsere Gegend kahl gefegt, die Wege waren voller Laub und rutschig. Umherfahrende Pritschenwagen des PGR wirbelten Blätter und Dreck hinter sich auf, als würden sie von Stürmen verfolgt werden. Wir schlugen den Weg zur Schnapsfabrik ein. Auf dem Gelände kannte Opa Edmund sich aus. Manchmal erzählte er von seiner Arbeit dort. Er gehöre zu den besten Brennern, behauptete er. 96%, 97%, 98% reiner Spiritus. Dank ihm komme der gute Stoff auf den Markt. Aber ich solle die Finger von dem Zeug lassen, erinnerte er sich dann doch noch an seine Vorbildfunktion. Wir umkreisten den Teich hinter der Fabrik, und sein Blick glitt unablässig über die Wasseroberfläche.

Obwohl sie verheiratet waren und damit auf Gedeih und Verderb verbandelt, habe ich keine Erinnerung an meine Großeltern, in der sie einander nah oder zärtlich miteinander waren oder sich wenigstens ein liebes Wort sagten. Es existiert aber ein Foto, auf dem die beiden beieinandersitzen. Oma schaut in die eine Richtung, Opa in die andere. Sie wirken wie Geschwister, die genug voneinander wissen, um sich gegenseitig das Leben zur Hölle zu machen.

Dennoch gab Opa die Suche nach ihr nicht auf. In seiner Verzweiflung klopfte er sogar an die Tür des Pfarrers. Das Hausmädchen öffnete uns. Wir durften in zwei bequemen, mit Samt bezogenen Ohrensesseln Platz nehmen, sie bot uns Weizenkaffee an, der Pfarrer würde gleich für uns da sein. Opa drehte den Kopf in alle Richtungen, er leckte seine Finger an und strich sich den Haarkranz glatt, als wäre an diesem noblen Ort die Eitelkeit in ihn gefahren. Sein misstrauischer Blick blieb am Garderobenschrank hängen. Am Knauf hing ein frisch gebügelter Anzug. Einmal hatte ich mitbekommen, wie er Oma Agnieszka anschrie: »Weißt du, weswegen der Pfaffe immer fetter wird? Weil du dumme Kuh ständig mit dem besten Essen in sein Haus rennst.«

»Ich nähe ihm nur die Anzüge um«, hatte Oma gesagt.

»Und weshalb müssen seine Anzüge umgenäht werden? Weil er immer fetter wird. Wovon rede ich denn?«

Der Geistliche trat ins Zimmer. Sein Körperbau war tatsächlich eigenartig. Seine Beine wirkten viel zu dünn für den hohen Rumpf, von dem ein kugelrunder Bauch abstand, als hätte er sich einen Ball unter den Pullover geschoben. Es war das erste und einzige Mal, dass ich den Pfarrer ohne Kollar gesehen habe. Er schaute über den goldenen Rahmen seiner Brille und machte große Augen, als er Opa Edmund sah. Denn für Opa war das Beste am Kommunismus die Gottlosigkeit. Und er machte keinen Hehl daraus. Er bedauerte nur, dass ausgerechnet dieser Aspekt in unserer Region wenig Anklang fand. Der Pfarrer ließ sich eine Tasse Weizenkaffee reichen und fragte nach unserem Anliegen.

Opa überging jede Höflichkeitsfloskel. »Ich suche meine Frau«, sagte er ohne Umschweife.

Der Pfarrer behauptete, Agnieszka ebenfalls seit

Tagen nicht gesehen oder gesprochen zu haben. Das sei ihm ebenfalls seltsam vorgekommen. Er fragte Opa, ob etwas vorgefallen sei. Opa antwortete, es sei alles wie immer. Dann gab der Pfarrer uns seinen Segen und entschuldigte sich, er habe noch etwas zu erledigen, aber Gottes Haus werde ihm, Edmund Sobota, weiterhin offenstehen. »Kommenden Sonntag wird das Sakrament der Vergebung empfangen«, zwinkerte er Opa zu.

Der verstand kein Wort.

»Die Beichte«, erklärte der Pfarrer. »Der Herr vergibt.«

Als wir das Pfarrhaus verließen, raunte Opa: »Er will mich in der Messe sehen, damit ich seinen Klingelbeutel vollstopfe. So weit kommt es noch.«

Oma Agnieszka blieb verschwunden. Auch Mutter fragte täglich im Postamt und in der Polizeiwache nach, selbst Vater hielt die Ohren offen. Hinterher behauptete er, dass er die ganze Zeit geahnt habe, wohin Oma gegangen war. Zunächst aber gab es von Agnieszka Sobota keine Spur, und ihr Mann meldete sie als vermisst.

Sofort zirkulierten die Gerüchte. Weil Omas neues Fahrrad nicht im Hauskeller stand, lautete eine Theorie, sie sei während ihrer Schicht einem Raubüberfall zum Opfer gefallen. Mitte des Monats wurden Renten ausgezahlt, das war allgemein bekannt. Es war doch nur eine Frage der Zeit, hieß es, bis es die Postbotin erwischen würde. Bloß stand Omas neues Fahrrad im Keller des Nachbarhauses, wie sich schnell herausstellte. Weil Onkel Henyek ihr vorheriges Fahrrad geklaut und verscherbelt hatte, parkte sie ihr neues dort. Außerdem hingen ihre blau-graue Briefträgerinnenmontur, ihr Schiffchen und ihre Ledertasche im Schrank. Sie war also an ihrem freien Tag verschwunden. Einem Raub war sie ganz sicher nicht zum Opfer gefallen.

Manche dachten, Agnieszka Sobota sei in Opole, um sich einen Orden abzuholen. Dreißig Jahre als Postbotin ohne einen einzigen Krankheitsausfall. Was nicht bedeutete, dass sie immer gesund gewesen war, sondern dass sie auch angeschlagen ihre Arbeit erledigt hatte. Aber war das plausibel genug, um ihre tagelange Abwesenheit zu erklären? Opole lag keine Autostunde von Salesche entfernt.

Andere verdächtigten Opa. Er habe seine Frau umgebracht, sie im Wald verscharrt, und würde nur so belämmert tun, um von sich abzulenken. Heute ist mir klar, wie viel die Nachbarn doch darüber Bescheid wussten, was sich zwischen meinen Großeltern abgespielt hatte. Aber nein, auch dieses Gerücht lag daneben.

Erst als genügend Zeit verstrichen war, erfuhr Opa die Wahrheit – auf der Polizeiwache. Die Beamten wussten plötzlich sehr genau, wohin seine Frau verschwunden war. Denn sie hatten ihren Antrag auf einen Reisepass genehmigt.

KAPITEL 9

Der Grenzpolizist zeigte auf eine Parkbucht abseits der Kontrollbüdchen. Dorthin fuhr Hübner seinen Wagen und stellte den Motor ab. Wir sollten allesamt aussteigen. Unter den hellen Neonlichtern wirkte Vater angespannter denn je. Er ging mir konsequent aus dem Weg. Nicht mal zu mir rüberschauen wollte er. Stattdessen zog er die Thermoskanne aus der Provianttasche und goss sich einen Becher ein. Er roch und nippte am Becher und verzog keine Miene, während Hübner ihm etwas ins Ohr flüsterte.

Zwei weitere Grenzbeamte begannen, unser gesamtes Gepäck aus dem Kofferraum zu hieven, wie Hübner es vorausgesagt hatte. Mutter nahm mich zur Seite. Sie befahl mir, bloß nicht noch einmal mit den Beamten zu reden.

»Nach Hannover können wir dann immer noch«, tröstete sie mich. »Oma läuft uns ja nicht weg.«

»Ach, nein?«

Darauf antwortete sie nicht.

»Wäre Oma Agnieszka nicht abgehauen«, sagte ich, »stünden wir heute nicht hier.«

Mutter griff nach meiner Hand und verdeckte die violette Sichel.

»Deine Oma hat ihren Fehler wiedergutmachen

können«, sagte sie. »Und wenn's nach mir ginge, könnte dein Vater seiner Mutter auch endlich verzeihen. Sie hat es aus guter Absicht getan und ganz sicher nicht vorhersehen können, was die ihm später im Wald angetan haben. Aber darum geht es jetzt nicht. Wir haben andere Probleme.«

Die Grenzpolizisten bauten um Hübners Kombi einen kleinen Flohmarkt auf. Sie durchwühlten unsere Reisetaschen, legten jedes einzelne Kleidungsstück separat auf den Boden. Einer schnappte sich meinen Rucksack, holte den Walkman heraus. Ich dachte, womöglich hört er sich auch noch die Kassette an, aber er legte das Gerät einfach wieder zurück.

Als Nächstes kam die Schatulle für Oma zum Vorschein. Der Grenzpolizist drehte das Kästchen um, schüttelte es, öffnete den Deckel, verzog irritiert und irgendwie leicht angewidert den Mund.

»Ist das von dir?«, flüsterte Mutter.

Ich ignorierte ihre Frage. Ohne ein weitergehendes Interesse zu zeigen, legte der Mann die Schatulle zurück in meinen Rucksack und sah zu seinem Kollegen rüber, der Packpapier zerriss, in das ein gemaltes Porträt des jungen Papstes Johannes Paul II. eingeschlagen war. Die Goldfarbe vom lackierten Rahmen blätterte bereits ab. War das verdächtig? Ging das alte Bild als ein Geschenk durch? Und wie waren die Grenzpolizisten unserem Papst gegenüber eingestellt?

Ich schaute zu Mutter, die kaum sichtbar den Kopf schüttelte. Ich blickte rüber zu Vater. Vielleicht fragte er sich das auch. Er starrte Brötchen mampfend die Beamten an, als würden die gerade die Wasserschlacht von Frankfurt 1974 nachspielen.

Agnieszka Sobota hatte lange vor dem Tag ihrer Flucht die Reisetasche gepackt. Die Tasche hatte sie unter einer gefalteten Decke in dem Schrank verstaut, in dem auch ihre Uniform hing. Als ich klein war, hatte ich beim Versteckspielen einmal die Klamotten herausgenommen und über mich geworfen. Als Oma mich so fand, wurde sie ganz anders. Sie erklärte mir, die Tasche solle so, wie sie war, dort bleiben. Wieso? Wenn mal etwas passieren würde – ein Brand oder ein Krieg –, müsste sie nur die Tasche schnappen und könnte aus dem Haus flüchten. Ich musste ihr versprechen, niemandem davon zu erzählen. Es brach kein Krieg aus, auch kein Brand, und doch verschwand meine Oma eines Tages mit nicht mehr als dieser gepackten Tasche.

Mit uns dagegen hatten die Grenzbeamten richtig was zu tun. Ich aber hielt mein gerade abgegebenes Versprechen und mich aus der ganzen Angelegenheit raus. Stattdessen stellte ich mich neben unseren Fahrer.

»Herr Hübner«, fragte ich, »Hannover, in welchem Land liegt das jetzt?«

Hübner durchwühlte mit beiden Händen seine Hosentaschen, als vermutete er, dort die Antwort zu finden. Dann holte er ein weiteres Eisbonbon hervor und drückte es mir in die Hand. Das Bonbonpapier war klebrig und voller Hosenflusen.

»BRD?«, fragte ich.

»Bist aufgeregt, was? Erstes Mal verreisen und

dann gleich die Zelte abbrechen. Verstehe ich, dass dir der Stift geht. Geht den meisten so.« Er wischte sich den Schweiß mit einem Taschentuch aus dem Nacken. »Aber versuch, dich mal in meine Lage zu versetzen. Ich hänge schon den halben Tag am Steuer. Habe die Nacht noch vor mir, um auch euch sicher ins gelobte Land zu bringen. Und glaub mir, so eine Scheiße wie gerade eben ...«

»Oder DDR?«

In Hübners unterkühlten, stechenden Dolph-Lundgren-Blick mischte sich Verwunderung. »Deinen Vater bei Laune zu halten, ist schon ein Kunststück, Junge. Aber wenn mich noch einer nervt, werde ich un-kon-zen-triert. Und un-kon-zen-triert Auto fahren ...« Seine Brauen gingen erwartungsvoll nach oben.

Sollte ich seinen Satz vollenden? Ich hatte keinen blassen Schimmer, worauf er hinauswollte, also schaute ich an ihm vorbei. Die Sonne war hinter dem Wald versunken. Auf der anderen Seite der Grenze wuchsen die gleichen Kiefern wie auf polnischem Boden.

»BRD, oder?«

Hübner baute sich jetzt direkt vor mir auf. »Unkonzentriert Auto fahren kann tödlich enden, hörst du?«

Ich nickte.

»Ich«, Hübner rammte einen Daumen gegen sein Brustbein, »muss meine Arbeit erledigen ... *Biznes*, verstehst du?«

Selbstverständlich nicht. Trotzdem nickte ich.

»Merk dir eins«, beruhigte er sich wieder. »Nimm

die Dinge hin, wie sie auf dich zukommen. So kämpfst du dich durchs Leben, scheißegal, wie schwierig es manchmal läuft.«

Hinnehmen. Ertragen. Keine Ansprüche stellen. Polen jammern nicht, Polen arrangieren sich mit der Situation. Mit jeder Situation. Ganz einfach. Und Hübner drückte seine Lebensphilosophie sogar durch ein einziges polnisches Wort aus, das all das auf den Punkt brachte. *Trudno*. Es gibt im Deutschen keine exakte Übersetzung dafür. Damit gemeint ist so etwas wie: *Schwierig, aber kann man nicht ändern, also finde dich damit ab.*

»Herrgott.« Hübner verzog angewidert den Mund und schlug mir das Bonbon aus der Hand. »Das ist ja voller Flusen.«

KAPITEL 10

Schon lange vor ihrem Verschwinden schlief Agnieszka Sobota nicht mehr in einem Bett mit ihrem Mann. Überhaupt verbrachte sie die Nächte selten in der gemeinsamen Wohnung. Manchmal schlich sie ins oberste Stockwerk des Hauses, wo sich der Wäscheboden befand, und legte sich dort auf die Holzdielen. Davon hatte mir Mutter einmal erzählt. Und im Sommer nahm sie vorlieb mit der Bank im Kirchgarten. Die Sakristei im Rücken gab ihr ein Gefühl von Sicherheit. Sie wechselte ihre Schlafplätze regelmäßig, um kein Aufsehen zu erregen. Die Leute sollten nicht darüber reden, was bei ihnen zu Hause los war. Vor allem sollte Edmund sie nicht finden.

Ich stelle mir vor, wie sie eines Morgens im Keller zu sich kommt. Sie hat einen aufgeschnittenen Kartoffelsack über den Berg aus Kohlestücken geworfen und sich draufgesetzt, die Arme auf den Knien verschränkt und darauf ihren Kopf gebettet. Durchschlafen ist unmöglich, weil sich immer wieder mal ein Stück Kohle löst und dann ihre Füße abgleiten und sie deshalb aus dem Schlaf hochschreckt. Als die Strahlen der Morgensonne durch die feinmaschig vergitterten Kellerfenster fallen, spürt sie als Erstes ihre schmerzenden Muskeln und Knochen. Sie richtet sich auf, klopft sich Ruß und Staub von der Kleidung und zieht ihre Uniform wieder an. Sie geht zur Kellertür, horcht ins Treppenhaus. Und wenn sie sich sicher ist, dass kein Nachbar sie sehen wird, schleicht sie die Treppen hoch und tritt auf die Straße. Den Faltenrock bis zum Bauchnabel gezogen, damit der nicht von der Kette gefressen wird, und mit Bluse und Jackett und dem Schiffchen auf dem Kopf, fährt sie auf ihrem grün-weißen *ROMET*-Damenrad zum Postamt. Polizist Stefan Bialas lungert vor dem Kommissariat, einem heruntergekommenen, gedrungenen Gebäude, rau und lieblos verputzt. Lediglich der Eingang ist mit dem strahlenden Wappen und der Flagge der Volksrepublik bestückt. Bialas lässt seinen Blick schweifen, als gehöre Salesche ihm. »Allzeit bereit!«, ruft er den Pfadfindergruß.

»Allzeit bereit«, grüßt ihn die Postbotin zurück.

Um kurz nach neun Uhr morgens stellt sie ihre mit Briefen befüllte Ledertasche in den Korb unterhalb des Lenkers und startet ihre Route durch die Bauernschaften. Seit Jahren fährt sie diese Route ab, sie wird erwartet, wird gegrüßt. Öfter kommt es vor, dass sie auf eine Tasse Kaffee und ein Stück Kuchen hineingebeten wird.

Nachdem sie alle Post ausgeliefert hat, schwingt sich Agnieszka zum Feierabend wieder auf ihr Rad und fährt los über die schmalen Pfade zwischen den Feldern, bis sie auf die Hauptstraße gelangt. Doch statt den Heimweg anzutreten, lenkt sie in die entgegengesetzte Richtung. Sie tritt gleichmäßig in die Pedale und macht Kilometer um Kilometer gut. Sie weiß nicht, wie weit sie kommen wird, bis die Nacht einbricht und sie die Straße nicht mehr sehen kann. Sie weiß auch nicht, was sie dann machen soll. Vermutlich wird sie weiter, immer weiter in die Pedale treten, bis ein neuer Tag anbricht oder sie vor Erschöpfung umfällt. Aber so weit kommt es nicht. Sie fährt, bis ihr Reifen plötzlich Luft verliert und sie die Felge des Hinterrades spürt, weil der löchrige Schlauch schon aus dem Fahrradmantel hervorquillt. Sie steigt vom Rad, lässt es zur Seite fallen und geht zu Fuß im Straßengraben weiter. Nach einer Weile hört sie ein Hupen, dreht sich um und erblickt ein Polizeiauto.

Stefan Bialas hatte Oma Agnieszka samt Fahrrad wieder nach Hause gebracht. Er fragte, wie sie ausgerechnet auf diese Landstraße gekommen war. Aber sie hatte keine Ahnung, wo sie sich befunden hatte. Sie sagte, sie sei von einer überirdischen Kraft gelenkt worden.

KAPITEL 11

Im Bergwerk Gliwice hatte Vater alle Kumpel glauben lassen, er würde nach dem »Urlaub« wie gewohnt zur Schicht erscheinen. Er versprach, Geschenke mitzubringen, deutschen Markenkaffee, den sie gemeinsam in der Pause trinken würden. Nur einem engen Freund, der ihn in die Solidarność geholt hatte, hatte er anvertraut, dass sie sich wohl nicht mehr wiedersehen würden. Wenn alles gut gehe.

Bei Mutter war das anders abgelaufen. Die PGR war ein staatlich-sozialistisch organisierter, landwirtschaftlicher Großbetrieb, der bereits in seine Einzelteile zerfiel, kaum dass der polnische Adler sein Krönchen zurückerobert hatte. Das lag nicht nur am Direktor, der während der Menstruationstage seiner Frau in der Kneipe statt im Büro saß und deshalb auch nie registrierte, dass sich die gesamte PGR-Arbeiterschaft *soziale Leistungen* in Form von Naturalien eigenhändig ausbezahlte. Auch die großen Bauernhöfe kauften bereits das Ackerland zu Spottpreisen. Es war wie immer in Polen, eine Handvoll cleverer Leute machte Reibach, der große Rest sehnte sich weiterhin nach besseren Zeiten. Im PGR ahnte man, was meine Mutter vorhatte. Der Direktor hatte ihr sogar angeboten, sie solle sich selbst ein

Arbeitszeugnis schreiben, das er abstempele und unterschreibe, obwohl Mutter, PGR-Buchhalterin, doch nur ihren Jahresurlaub eingereicht hatte. Aber auch das war Polen: In der Not wurde zusammengehalten.

Die Grenzpolizei sprach mit Hübner und meinen Eltern, und dann bekamen sie den Stapel Reisepässe wieder ausgehändigt. Nachdem die Beamten alles durchsucht hatten, zogen sie die Zigarettenstangen aus der Plastiktüte und klemmten sie sich unter die Achseln. Das war also in dem prallen Beutel gewesen, den Hübner wie einen Köder im Kofferraum platziert hatte. Die leere Tüte landete auf dem Boden neben unseren Klamotten. Und wir durften unsere Reisetaschen ein zweites Mal packen.

Hübners Auto rollte über künstliche Barrieren, aus denen Krallen hochfahren und Reifen zerstechen konnten.
»Hal-le-lu-ja.«
Wir ließen die Grenzanlage hinter uns.
»Normalerweise inspizieren die Bullen meine Karre bis in die hinterste Ecke. Das heute ging flott wie nie.«
Mutter zog Taschentücher aus ihrer Umhängetasche. Schwarze Rinnsale liefen ihr über die Wangen. Sie weinen zu sehen, rührte mich, auch wenn sie sich nur freute und wohl vor allem erleichtert war.
»Geschafft! Wir haben's geschafft!« Vater war komplett aus dem Häuschen. Er wedelte mit seinem Pass, in dem der Stempel mit dem Hinweis *WYJAZD*

(Ausreise) leuchtete. Und ein paar Seiten weiter trocknete ein weiterer Stempel mit Hammer und Zirkel im Ährenkranz, und statt des Grenzübergangs *Olszyna* stand da *Forst*. »Jagódka! Jarek! Wir sind in Deutschland.«

Wir hatten es tatsächlich geschafft. Wir hatten Polen zum ersten Mal in Richtung Westen verlassen. Und ich glaube, ich weinte auch. Und wenn es tatsächlich so war, dann immer noch wegen der Ungewissheit, wohin uns die Reise führen würde. Nur, zugegeben hätte ich das nie – damals.

»Wegen Familie mit Kind ist der Bulle weich geworden«, überlegte Hübner.

Vater machte eine vage Handbewegung. »Eher wegen der Marlboros, würde ich tippen.«

»Nein. Die gibt's so gut wie immer obendrauf. Nur ganz selten mal kann ich die an Arbeitskollegen verkaufen, meistens kassieren die Grenzer sie ein. Bestimmt hat den Bullen die komische Konstellation an die Weihnachtsgeschichte erinnert: Mutter, Vater, Kind, mit einem Esel unterwegs ...«

Vater kräuselte die Lippen. »Ein Christkind ist Jarek allerdings noch nie gewesen.«

Mutter tupfte sich die Wangen ab. »Das sagt der Richtige.«

Weihnachtsgeschichte? Bibelfest schien Hübner nicht zu sein. In der Weihnachtsgeschichte war Jesus doch noch gar nicht geboren. Und wer sollte der Esel sein in diesem Vergleich?

Die Nacht war angebrochen. Eine milde Brise fegte mit dem Fahrtwind durchs Auto. Und die Luft roch anders. Frischer. Gesünder. Aber konnte Luft einige Hundert Meter weiter überhaupt eine vollkommen andere sein? Wahrscheinlich bildete ich mir das nur ein.

Gelbe Lichtstrahlen leuchteten in monotonem Takt ins Wageninnere. In der Ferne blinkten hin und wieder rote Punkte von Industrieschornsteinen. Ich versuchte, mir die Ortsnamen auf den jetzt blauen Autobahnschildern zu merken, um sie auf der Straßenkarte wiederzufinden. Kartelesen ist bei Tageslicht schon schwierig, aber unter diesen Lichtverhältnissen war es unmöglich. Ich klappte Hübners Autoatlas zu und legte ihn zurück auf die Heckklappe.

»Wie heißt der Ort noch mal, wo wir jetzt hinfahren?«

Hübner zauberte ein staubtrockenes »Hamm« aus dem Hut. »In letzter Zeit habe ich meine Passagiere meistens in Hamm abgesetzt«, fügte er hinzu. »Und alle wohnen weiterhin in Deutschland. Ein gutes Zeichen.«

»*Cham*? Es kann doch keine Stadt geben, die *Cham* heißt.« Mutter tippte sich mit dem Zeigefinger an die Stirn, *Rüpel* war mit Sicherheit kein Name für eine Stadt.

»Hamm. H-A-M-M.« Hübner drückte auf den Zigarettenanzünder. »Wir versuchen es in Hamm. Alles andere ist zu unsicher.« Er kontrollierte seine Uhr – und fuhr mit Vollgas über die dunkle Autobahn der DDR.

KAPITEL 12

Am Rosenkranz baumelnd um den Rückspiegel gewickelt, führte Herr Jesus einen unrhythmisch zuckenden Tanz auf, während Hübner die Kassette zum ich weiß nicht wievielten Male umdrehte und wir uns wieder *Auf der Straße nach San Fernando* befanden. Ich musste an Andrzej denken, wie er immer sagte: »Ich bin ein Dombrowski«, als wäre sein Schicksal damit besiegelt. Die Dombrowskis, hieß es, würden entweder sitzen oder liegen – im Knast oder auf dem Friedhof. Amen. Ich glaube, etwas in der Art hatte Andrzej gesagt, als wir an einem Montag mal wieder mit Pfandflaschen in den Kaufmannsladen spaziert waren.

Ausgerechnet der alte Ogon arbeitete an dem Tag. Unbeeindruckt stellte Andrzej seine Flaschen auf den Verkaufstresen und sagte, er wolle nur das Pfandgeld haben. Er drehte sich weg und begaffte die Shampoo-Verpackungen.

»Weinflaschen, Wodkaflaschen«, sagte der alte Ogon. »Seid ihr nicht etwas jung dafür?«

»Die sind nicht von uns«, sagte ich.

»Ach, nein?« Unter Ogoneks Schnauzbart geschah etwas. Ich hatte zu spät verstanden, dass er gescherzt hatte. Jetzt wurde er ernst. »Woher habt ihr die denn?«

»Natürlich sind das unsere«, sagte Andrzej und hielt eine Illustrierte hoch. »Komm mal her, Jarek.«

»Ja, nein, also, wir haben das nicht selber getrunken, meinte ich.« Ich lachte unsicher.

»Von wem habt ihr dann die Flaschen?«

»Die Flaschen ...?« Ich wollte etwas Originelles aus dem Ärmel schütteln. »Die ... haben wir gefunden ...«

»Nicht übel.« Der alte Ogon hielt die Arme verschränkt, als hätte er nicht mehr vor, das Leergut anzufassen. »Wo war das denn?«

»Also ...«, ich kam nun wirklich ins Rudern, »das ist etwas kompliziert zu erklären ...«

»Kompliziert?«

»Ein Zauberer verrät seine Tricks auch nicht.« Andrzej schob die Illustrierte wieder in den Zeitschriftenständer und pustete dem Titelbild einen Handkuss zu. »Jetzt rück das verdammte Pfandgeld raus, Ogonek.«

»Na, hör mal! Für dich immer noch *Herr Ogonek*. Und ihr verratet mir erst mal, wem ihr die Flaschen geklaut habt.«

»Bitte?« Andrzej legte eine Hand aufs Brustbein, als wollte er sein Herz beruhigen. »Geklaut?«

Aber der alte Ogon ließ sich nicht beirren. »Tu nicht so empört, Dombrowski. Wo hast du die Flaschen her?«

»Pardon, Herr Ogonek«, seufzte Andrzej und schlenderte zur Kasse. »Es ist mir etwas unangenehm. Sie, Herr Ogonek, haben es vielleicht noch nicht mitbekommen, aber mein alter Herr trinkt gerne einen über den Durst. Und das«, er zeigte auf die Flaschen, »ist alles, was am Ende übrig bleibt, wissen Sie, Herr Ogonek?« Andrzej legte mir einen Arm über die Schultern. »Aber es wäre nett, gnädiger Herr Ogonek, wenn Sie dichthalten und meinem Vater nichts davon erzählen. Sie, Herr Ogonek, wissen vielleicht, wie er sein kann, wenn er *nicht* betrunken ist.«

Der alte Ogon starrte uns abwechselnd an und überlegte.

Nach einer Weile sortierte er die Flaschen in verschiedene Kisten und addierte halblaut die Pfandpreise. Er hatte schon die Registrierkasse geöffnet, da hielt er doch noch mal inne. »Sag mal, Jarek?«

»Hm?«

»Es heißt, deine Oma hatte Kontakt zum Jenseits, bevor sie geflohen ist«, sagte er mit gesenkter Stimme.

Andrzej wieherte auf.

»Hat sie den Teufel gesehen?«

»Angeblich«, versuchte ich abzuwiegeln. In unserer Gegend war Übernatürliches so alltäglich wie ein auf der Landstraße liegen gebliebener PKS-Bus.

»Und hat der Teufel ihr gesagt, sie solle von hier weggehen?« Der alte Ogon friemelte neugierig seinen Schnauzer glatt.

»Spricht der Teufel denn so gut Polnisch?«, fragte Andrzej.

»Nicht direkt«, sagte ich. Wenn Oma vom Teufel sprach, meinte sie damit in den allermeisten Fällen Opa Edmund. Sie glaubte tatsächlich, der Wahrhaftige sei in den Körper ihres Mannes gefahren, denn anders konnte sie sich sein rücksichtsloses Verhalten nicht erklären. Aber all das ging niemanden etwas an, am allerwenigsten einen wie Ogonek.

»Es heißt doch«, überlegte Andrzej, »der Teufel spricht rückwärts.«

»Wie meinst du das?«, fragte der alte Ogon.

Und ich wusste nicht, ob das an mich oder an meinen Freund gerichtet war.

»Hört ihr das auch?« Andrzej hielt eine Hand hinters Ohr. »Gott, der Allmächtige ...? Wirklich ...? Was sagst du? Ich soll mir das Geld endlich geben lassen? Na gut, o Herr.« Andrzej streckte eine Hand aus. »Dein Wille geschehe!«

Andrzej glaubte nicht an Dämonen, den Teufel und letztlich auch an keinen Gott. Er lachte über uns, die wir ehrfürchtig beteten, um vom Bösen verschont zu werden. »Der Junge ist so verdorben«, hatte Oma über Andrzej gesagt, »da hilft kein Weihwasser.« Woran Andrzej glaubte, war das perfekte Verbrechen. Über nichts anderes redete er lieber. »Weißt du, Jarek«, sagte er, »wenn du wirklich was Großes drehen willst, ich meine etwas richtig Großes, dann –«

»Ich sollte längst zu Hause sein«, sagte ich, als wir Salesche mit den Taschen voller Kleingeld erreichten und die Straßenlaternen ansprangen.

»Weißt du, warum die meisten Bankräuber im Gefängnis landen?«

Wir balancierten hintereinander auf der Bordsteinkante der Dorfstraße.

»Weil sie zu langsam weglaufen?«

»Wegen Blödheit.« Andrzej teilte gerne seine Erkenntnisse aus *Polizeiruf 110*, einer deutschen Krimiserie, die manchmal auch bei uns im Fernsehen lief. »Ein dummer Verbrecher zeigt überall, wie reich er plötzlich ist. Viel zu auffällig. Wenn du einen Coup landen willst, solltest du einen Plan haben, was danach mit den Moneten passiert. Wo versteckst du sie, wie kommst du an sie ran? Wofür gibst du sie aus?«

Mein einziger Plan bestand darin, nach Hause zu laufen und mir den ganz großen Ärger zu ersparen.

»Glaubst du ernsthaft«, Andrzej hielt mich fest, »der bekloppte Ogonek hält sein Wort?«

»Keine Ahnung.«

»Ha. Vermutlich glaubt der Alte wirklich, ich würde die eigene Familie beklauen.« Andrzej spuckte auf den Boden. »Glaub mir, spätestens morgen Abend kriegt mein Alter Wind von der Nummer und wird mich verprügeln.«

»Aber es waren doch gar nicht seine Flaschen.«

»Egal ob Vaters Flaschen oder nicht.«

»Du kannst ihm doch sagen, wie es ist.«

»Oh, nein, Sobota.« Andrzej schüttelte belustigt den Kopf. »Weißt du, was dumme Verbrecher nämlich noch machen? – Sie quatschen zu viel. Aber ich nicht. Ich bin ein Dombrowski.« Er zwinkerte mir zu, dann kletterte er über den Maschendraht und stieg in Ogoneks Werkstatt ein. Ein paar Wochen vorher hatten wir herausgefunden, dass der alte Ogon in seiner Werkstatt Leergut hamsterte, als wären es Goldbarren.

Ich behielt die Straße im Blick, während Andrzej

unsere Beutel wieder mit Ogoneks gesammelten Flaschen auffüllte.

Und ich flüsterte in die Dunkelheit: »Ich bin ein Sobota.« Aber: Was hieß das schon?

KAPITEL 13

An der deutsch-deutschen Grenze winkte man uns nur noch durch. Die Straße wurde sanfter, das Gespräch im Auto verstummte, und irgendwann muss ich eingeschlafen sein. Unmöglich, herauszufinden, wann genau das passiert ist. Eine Zeit lang denke ich noch über alles Mögliche nach, im nächsten Augenblick bin ich schon weg. Und obwohl im Schlaf das Gehirn ununterbrochen arbeitet, weiß ich nach dem Aufstehen beim besten Willen nicht, wie das abgelaufen ist mit dem Einschlafen. Der Übergang. Dieser entscheidende Moment. Ich denke, beim Sterben verhält es sich ganz ähnlich. Das Leben wird nicht, wie oft behauptet, wie eine Videokassette vorgespult. Ich glaube vielmehr, Sterben ist wie der nicht greifbare Übergang zum Einschlafen. Wie Vergessen.

»Aufwachen, Mäuschen.«
Ich fühlte mich wie ausgespuckt und wünschte mir nichts sehnlicher, als weiterzuschlafen.
»Mäuschen ...«
Weiterschlafen – und dass Mutter endlich aufhörte, mich so zu nennen. Ich drehte mich zur Seite.
»Komm.« Mutters Stimme wurde ungeduldig. »Steh jetzt auf.« Langsam glitt der Gurt in meine

Achselhöhle. Ich hob ein Augenlid. Die Autotüren standen offen. Das Licht über dem Rückspiegel blendete, aber ich konnte erkennen: Fahrer- und Beifahrersitz waren leer. Kälte kroch durch meine Poren und ließ mich schlottern.

Im Halbschlaf taumelte ich aus dem Wagen. Vater wippte auf den Fußballen, während er in den nächstbesten Strauch pullerte. Ich stellte mich daneben.

»Wo sind wir?«

Er deutete mit dem Kinn über seine rechte Schulter auf Hübners Karre. Die Kofferraumklappe stand senkrecht in die Höhe, neben dem Wagen warteten bereits unsere Reisetaschen. Hübner hatte uns vor einem massiven Metalltor abgesetzt. Erst jetzt öffnete ich das zweite Auge. Gelbe Lichter leuchteten die Straße aus. Mückenschwärme schwirrten um die Laternen. Einige Mücken schienen in die Lampen gekrabbelt zu sein und waren dort verendet. Die Orte, an denen wir hielten, wurden immer unheimlicher.

Neben dem Metalltor brannte Licht in einem Wachhäuschen. Vor uns lag die Aussiedlerlandesstelle. Von Landesstellen hatte ich ungefähr so konkrete Vorstellungen wie von Grenzübergängen. Ich wusste nur: Das war das Ziel unserer Reise. Zumindest fürs Erste.

Ich schulterte meinen Rucksack, griff Provianttasche und Papstporträt. Beladen wie Packesel folgten wir Hübner. Der redete mit dem Mann im Häuschen. Es summte, und Hübner öffnete eine Tür zum Kasernenhof. Anscheinend kannte er sich gut aus auf dem Gelände. Schnurstracks steuerte er auf das erste Gebäude zu, ein Würfel mit überdachtem Eingang. An der Glastür klebte ein Zettel: *REGISTRIERUNG*.

Wir luden das Gepäck vor dem Eingang ab. Hübner schob sich eine Zigarette zwischen die Lippen, prüfte das Zifferblatt seiner Uhr, zog schweren Herzens die Zigarette wieder heraus und schob sie sich hinters Ohr. Er machte eine Drehbewegung mit der Hand, wir sollten uns beeilen. Als ich mit in das Büro eintreten wollte, packte Vater mich am Kragen und drückte mich gegen die Wand. Ich solle mir weitere »Sabotageversuche« aus dem Kopf schlagen, hauchte er mir zu. »Du bleibst draußen und behältst unser Gepäck im Auge.«

»Aber, Papa ...«

Hübner massierte sich die Augenlider.

»Nichts *aber, Papa* ... Wir regeln das. Du bleibst bei den Sachen.«

»Aber wer soll die denn klauen?«

»Keine Diskussion!« Er ließ mich los und schlug die Bürotür vor meiner Nase zu.

Durch die Scheibe sah ich einen mageren Beamten hinter seinem Schreibtisch hochschrecken. Er rückte sich die Brille zurecht und bot meinen Eltern und Hübner mit einer Geste an, sich hinzusetzen. Hübner übernahm wieder die Gesprächsführung. Meinen Eltern wurden Unterlagen gereicht. Sie drehten die Köpfe zu einem Plakat, auf dem *MUSTER* geschrieben stand und darunter noch mehr, das ich nicht erkennen konnte. Mutter nickte oder blätterte im Wörterbuch. Vater nickte, wenn Mutter nickte. Seine Krawatte hatte er bereits abgelegt, jetzt öffnete er der Reihe nach die Hemdknöpfe und fächelte sich Luft zu. Hübner redete auf meine Eltern ein, tätschelte immer wieder ihre Schultern. Auf einmal drehte Vater das Gesicht zur Eingangstür. Er richtete den Zeigefinger auf mich, als müsste er mich daran erinnern, was er mir aufgetragen hatte.

Da stand ich also. Wie eine Gabel im Mist. Ich ließ meinen Blick über das Kasernengelände schweifen. Statt Kriegsgerät standen dort Müllcontainer, aus denen Papier hervorquoll, und Fahrräder in Reih und Glied. Ein Spielzeugtraktor lag umgekippt auf dem Asphalt. Ich musste an den PGR und die Mähdrescher denken und versuchte, mir vorzustellen, wie weit weg tausend Kilometer waren.

Währenddessen trat ich ein paar Schritte nach vorn und dann ein paar zur Seite. Das Gepäck behielt ich selbstverständlich im Blick, aber ich wollte eine Idee davon bekommen, wo wir uns befanden. Und da schallte ein Lachen zu mir. Ich hörte, wie Dosen aufgerissen wurden. Ich bog um die Ecke und blieb stehen. Um eine geöffnete Schranke drängte sich eine Menschengruppe. Männer und Frauen aller Altersgruppen lachten und qualmten vor sich hin, als gäbe es kein Morgen. In ihrer Mitte quäkte ein Radio mit langer Antenne. Einer von den Männern hob seine Bierdose auf Kopfhöhe und prostete mir zu. Und er rief etwas, das mit viel Fantasie »Willkommen in Deutschland« heißen mochte.

KAPITEL 14

Vater stolperte aus der Meldestelle, das Gesicht bleich wie ausgesaugtes Wassereis. Mutter hielt mit beiden Händen ihr gelbes Taschenwörterbuch fest und biss sich auf der Unterlippe herum.

»Der macht sich nur unnötig wichtig«, sagte Hübner. »Statt so feinen Herrschaften wie euch zu danken, dass er diesen Job hat, macht er den großen Zampano.«

Nur die polnischen Behörden sollten denken, wir wären zum Familienwiedersehen hergereist. Die deutschen Behörden mussten wir überzeugen, dass wir uns eigentlich als Deutsche fühlten und deshalb dableiben wollten. So lauteten die Spielregeln, die hatten die Deutschen selbst gemacht und die hatte Vater mir unmissverständlich eingebläut. Der Beamte, oder was auch immer er war, hatte meinen Eltern verklickert, dass er uns Sobotas keineswegs für *Aussiedler* hielt. Was wir uns überhaupt einbilden würden, wir könnten nicht mal die deutsche Sprache richtig sprechen. Ich dachte an gängige Wörter im Schlesischen wie *Vater, Mutter, Kejsa* (Käse), *Knajpa* (Kneipe), *Gruba* (Zeche), *Fajrant* (Feierabend), *Halba* (halber Liter Wodka). Der Beamte hatte nicht ganz unrecht.

Vater hielt die Hände unschuldig in die Höhe und

beteuerte, in seiner Schulzeit sei Russisch als Fremdsprache unterrichtet worden, kein Deutsch. »*Izvini.*« Nur wer es sich hatte leisten können, habe Privatunterricht genommen, um Deutsch zu lernen. »*Izvini*«, wiederholte Vater.

»Deine mageren Russischkenntnisse bringen uns jetzt auch nicht weiter«, sagte Mutter.

»Hört mal. Der Typ hat gar nichts zu entscheiden. Hier ging es nur um die Registrierung, der relevante Papierkram kommt erst noch, und das ist nicht mehr seine Angelegenheit«, sagte Hübner und zog hastig an seiner Zigarette, als wolle er sie im Ganzen inhalieren. Vaters Nervosität schien sich auf ihn übertragen zu haben.

Das hatten die ja fabelhaft *geregelt*.

»Der Bekloppte«, Hübner redete weiter über den schmächtigen Beamten mit den eingefallenen Wangen und eingequetschten Augen, »erledigt jetzt brav seine Arbeit und bringt euch in den Schlafsaal, hört ihr? Und morgen erfahrt ihr dann, wo sie euch hinstecken, bis ihr was Eigenes gefunden habt.« Er drückte seine Kippe auf der Fensterbank aus und schaute auf die Armbanduhr. Dann wünschte er uns »Gottes Segen« und reichte jedem von uns die Hand.

Wieder beladen wie Packesel, schlurften wir ein paar Minuten später über den Kasernenhof. Das Blut strömte langsam zurück in Vaters Gesicht, während der Beamte uns bis zu einer der lang gezogenen Schlafbaracken führte. Dann über einen kahlen Flur. Die Wände waren gallegelb gestrichen – oder mit den Jahren vergilbt – und voller Macken und Kratzer. Neonröhren hingen von der Decke und leuchteten alles die gesamte Nacht über grell aus. Der Beamte marschierte zwei Schritte vorweg. Er sprach schnell und nach vorne gerichtet, und manchmal machte er Handbewegungen, die für uns keinen rechten Sinn ergaben.

Erst vor den WCs blieb er stehen. Mutter verschwand sofort in der Damentoilette. Vater und ich blickten uns schuldbewusst an und hatten denselben Gedanken. Wir traten ins Herrenklo und sahen uns um. Druck auf der Blase hatten wir keinen mehr, aber dafür entdeckten wir einige interessante Piktogramme. Erklärungen, wie die Spülung zu benutzen sei und wofür die Bürste neben der Kloschüssel gedacht war. So machten es die Zivilisierten und so nicht. Pflichtbewusst wuschen wir uns die Hände und traten wieder auf den Flur.

Der Mann führte uns weiter den Gang entlang und stoppte vor einer Zimmertür. Mit dem Zeigefinger stupste er auf ein Plastikschildchen neben dem Türrahmen und drohte: »Merken!« Oder etwas in der Art.

Wir nickten intuitiv.

Der Mann presste sich den Zeigefinger auf den Mund und öffnete anschließend die Tür. Im Halbdunkel raschelte es.

»Kein Licht«, flüsterte er, tippte neben den Schalter und schüttelte den Kopf. »Kein Licht. Verstehen?«

Die Luft war stickig, viel zu warm und roch nach faulem Zahn. Gut zwanzig Metallgestelle für Etagenbetten verteilten sich über den Raum, in dem es pausenlos raschelte. Uns wurden drei freie Plätze zugewiesen. Ich nahm das, was ich für Bettzeug hielt, und faltete es auseinander. Mutter bewegte die Schultern auf und ab. Es gab weder Kopfkissen noch echte Decken, sondern nur eine Art unbedrucktes Zeitungspapier als Laken und genauso als Bettdecke.

In den schmalen Gängen zwischen den Betten stapelten wir unsere Koffer und Reisetaschen. Weil wir uns nicht trauten, darin zu wühlen, um ordentliche Bettwäsche und unsere Pyjamas herauszusuchen, legten wir uns in der Kleidung, die wir trugen, zwischen das Papier.

Freu dich gefälligst, Sobota!

Mir wurde mal erzählt, dass Träume, die man in der ersten Nacht an einem neuen Ort hat, wahr werden. Allerdings war an Einschlafen in diesem Moment überhaupt nicht zu denken. Ich war viel zu aufgeregt, in Deutschland zu sein. Ich meine, bis dahin hatte ich noch nicht wirklich viel von diesem Land gesehen, und der Schlafsaal einer deutschen Kaserne bot auch nicht gerade ein Spektakel. Aber das hier würde nur der Anfang sein, ich konnte es spüren. Diese Nacht würde bald zu Ende gehen, und im Hellen würden wir aufstehen und weiterziehen.

Wieder ging im Saal die Tür auf. Derselbe Beamte erklärte wieder den Lichtschalter. Ein Baby schrie. Ein Kind jammerte, nach Hause zu wollen. Eltern nuschelten Beschwörungsformeln, dass alles wieder gut werde. Ein Vater begann, das Märchen von den Monddieben zu erzählen. Mein Vater schnarchte. Drehte Mutter sich im Bett über mir, hörte ich das Zeitungsrascheln.

Es fiel bereits Tageslicht durch die Fenster, als Janusz Panasewicz wie ein Besoffener leiernd ein Karottenfeld besang, das um ihn herum wucherte und in dem alles geschehen konnte. Die Batterien meines Walkmans waren leer gesaugt. Und ich konnte noch immer nicht schlafen. Also packte ich den Walkman weg und zog Hübners Autoatlas aus der Tasche. Die Straßenkarten vermittelten den Eindruck, als wäre dieses Land eine Zeitbombe, in die ein Netz aus bunten Elektrodrähten verbaut worden war. Ich blätterte eine ganze Weile, bis ich die fett gedruckten Buchstaben **DORTMUND** fand. **HAMM** lag schräg darüber. Wie in einem Irrgarten fuhr ich mit dem Zeigefinger die verzeichneten Strecken entlang. Als wir an **BERLIN** und **POTSDAM** vorbeigekommen waren, daran erinnerte ich mich noch, waren wir auf die **A2** abgefahren. Und die führte geradewegs nach Hamm. Und als ich die Strecke von Hamm Richtung Osten nachzeichnete, stellte ich fest, dass die A2 auch an **HANNOVER** vorbeiführte.

Ich schloss die Augen und versuchte, das Karussell in meinem Kopf abzubremsen. Ich wusste, dass ich einmal an diesen Tag zurückdenken würde. Irgendwann würde ich diesen Teil meiner Familiengeschichte meinen Kindern oder Andrzej oder sonst wem erzählen. Und vielleicht konnte ich deswegen nicht schlafen, also, um das alles nicht zu vergessen.

KAPITEL 15

Unna-Massen war mehr als nur ein Aussiedlerlager. Es war eine eigene Welt, eine Zwischenwelt.
Frühmorgens, wenn das Radio Wetteraussichten und erste Staumeldungen durchgab, wehten Gerüche von brutzelnden Würsten, Hagebuttentee, Instantkaffee, hart gekochten Eiern, verkohlten Brotscheiben und geschmolzenen Käsescheibletten aus den Häusern auf die Gehwege, über die geteerten Straßen und bis über die Schranken des Lagers hinweg. Pokerspieler nahmen ihre Plätze an kleinen Tischen ein, ließen Karten zwischen den Fingern flattern und verteilten sie in die Runde. Vor den Wohnhäusern übten Musiker Akkordeon oder Gitarre, und hin und wieder sangen sie gemeinsam. Auf den Rasenflächen wurde Fußball gespielt und Badminton und übers gesamte Gelände verteilt Verstecken. Und es wurde in der Sonne gebadet. Gerüche von Sonnenmilch und Schweiß vermischten sich mit denen von Holzkohle und Limonade. Um die Mittagszeit lungerten die Säufer vor dem kleinen Lebensmittelladen und kauften jeder immer nur eine Dose Bier, tranken sie aus und gingen dann wieder in den Laden, um sich Nachschub zu holen. Sonntagnachmittags hielt ein *Lazar*-Bulli auf dem Parkplatz vor der Postfiliale und nahm Pakete entge-

gen, die schneller und günstiger nach Polen transportiert wurden, als die Deutsche Post es schaffte. Vor den Garagen tüftelten die Schrauber. Sie trugen Latzhosen und hatten ihre Schutzbrillen im Haar stecken. Jeden Tag arbeiteten sie mit Schraubenziehern, Maulschlüsseln und Lötkolben an einem Autowrack, das wohl dennoch – so viel konnte selbst ich sehen – nie wieder einen straßenverkehrstauglichen Zustand erleben würde. In einer anderen Garage trafen sich die Elektroniker. Ebenfalls mit Schraubenziehern sowie Phasenprüfern und Isolierband ausgerüstet, reparierten sie Radios und Funkgeräte und stellten mehr Kontakt zur Außenwelt her als so mancher andere Lagerbewohner.

Unna-Massen, ein Fleck zwischen den Flüssen Ruhr und Lippe, war eine Insel der Gestrandeten inmitten blühender Landschaften. Das nächste Gewerbegebiet wurde über die Landstraße erreicht und bestand aus einem gigantischen Möbelhaus, einer Autowaschanlage und zwei Imbissbuden auf Rädern. Es stand als Ausflugsziel hoch im Kurs, nicht direkt ein Sehnsuchtsort, aber ein Ort, an dem man zumindest seinen materiellen Sehnsüchten nachgehen konnte.

Unna-Massen war der Name eines ganzen Stadtteils. Gleich hinterm Ortsschild bewarben eine *DAB-Bier*-Leuchtreklame und eine *R6-Zigaretten*-Plakette das gemütliche Ambiente einer gutbürgerlichen deutschen Gaststätte. Auf der linken Straßenseite thronte das mehrstöckige Verwaltungsgebäude der Landesstelle. Dem Lager dahinter sah man an den einstöckigen, parallel zueinander stehenden Gebäuden noch an, dass es früher ein Militärgelände gewesen war. Ein Kindergarten, eine Wäscherei, eine kleine Krankenstation, die St.-Hedwig-Kirche und eine Bushaltestelle umsäumten das Gebiet hinter der Schranke.

Nach nur einer Nacht in Hamm hatte man uns tatsächlich hierher verlegt, so wie von Hübner vorausgesagt. Von montags bis freitags standen die Leute vor den Türen des zentralen Verwaltungsgebäudes Schlange. Und öffnete die Verwaltung, stand man vor den Schreibtischen im Gebäude weiter an.

Das kannten wir aus Polen nur zu gut. Zucker, Zigaretten oder Alkohol waren über Jahre hinweg planwirtschaftlich streng rationiert worden. Pro Kopf, pro Monat, ausgewiesen auf einer Lebensmittelkarte. Zumindest in der Theorie. Denn ob die staatlich zugewiesenen Produkte jemals im Laden angeliefert würden, wussten selbst die Verkäuferinnen nie genau. Wir hatten dennoch angestanden. Meist warteten wir auf gut Glück, und wenn die Lieferung eingeräumt war, stapelten sich beispielsweise ausschließlich Klopapierrollen in den Regalen – und zwar nicht das dreilagige, extraweiche mit lustigen Motiven bedruckte Papier, sondern das graue, gummiartige, das in Deutschland vermutlich niemals zugelassen worden wäre. Nicht mal die Bezeichnung *Papier* verdiente es. Aber auch das war egal, es wurde alles weggekauft, weil selbst mit Klopapier in Polen Tauschhandel getrieben wurde. Ja, sogar mit Lebensmittelkarten wurde gehandelt. Marken für Alkohol standen besonders hoch im Kurs.

So ähnlich war es auch hier im Lager. Statt Lebensmittelkarten hielten wir Dokumente in den Händen. Aber wofür wir uns anstellten, erfuhren wir erst, wenn wir an der Reihe waren.

In der Erstaufnahmestelle in Hamm hatte im Grunde Hübner alles für uns geregelt. Jetzt war Mutter auf sich allein gestellt. Vater stand ihr zwar zur Seite, aber das war nur wortwörtlich zu verstehen. Den Mund hielt er geschlossen. Mutter blätterte immer wieder durch die Dokumente. Das Wichtigste waren die Nachweise. Unsere Geburtsurkunden, die Geburtsurkunden meiner Großeltern, die Heiratsurkunden meiner Eltern, Heiratsurkunden meiner Großeltern und Heiratsurkunden meiner Urgroßeltern, aber nur väterlicherseits. Mutters tiefere Verwurzelungen ließen wir lieber außer Acht. Vor allem Opa Antons sozialistische Parteimitgliedschaft wollten wir besser nicht an die große Glocke hängen. Außerdem hielt Mutter Nachweise über die Wohnsitze meiner Großeltern am 1.9.1939 sowie am 8.5.1945 in ihren Händen. Und das war das Wichtigste überhaupt. Da meine Großeltern väterlicherseits, also Oma Agnieszka und Opa Edmund, in dem Zeitraum Kinder gewesen waren, benötigten wir zusätzlich Nachweise darüber, welche Berufe meine Urgroßeltern zu der Zeit ausgeübt hatten. Alle Urkunden mussten im Original oder als beglaubigte Kopie und zusätzlich in beglaubigter Übersetzung vorliegen. Bis auf den Arbeitsnachweis meines Urgroßvaters, denn der war bereits auf Deutsch verfasst – *Józef Sobota, einfacher Landarbeiter* – und mit einem Hakenkreuz gestempelt.

KAPITEL 16

Nach unserer Registrierung im Lager Unna-Massen konnten wir vor Ort ein Zimmer mieten. Abgerechnet werden würde erst am letzten Tag – pro Bett und pro Nacht. Wir waren erleichtert, nicht länger den Schlafsaal mit zig fremden Menschen teilen zu müssen. Allerdings hatten wir mal wieder nicht alles richtig verstanden.

Im Zimmer standen drei Etagenbetten dicht beieinander. Ein Doppeldecker war bereits belegt. Im Oberbett lag Szymon quer und starrte die Decke an. »Die Neuen sind da«, sagte er, ohne uns anzusehen oder seinen Körper zu bewegen.

Ein Stuhl war in den Fensterrahmen geklemmt, damit es offen blieb und Luft einströmen konnte. Auf dem anderen saß Elwira, Szymons Frau. Der Campingtisch vor ihr war von Tabak und Zigarettenhülsen überhäuft. Mit routinierten Handgriffen und ihrer Maschine stopfte Elwira eine Zigarette nach der anderen, klopfte sie auf der Tischplatte zurecht und warf sie, ohne hinzusehen, in eine Pappbox. Sie traf jedes Mal. Ob drinnen oder draußen, stehend, sitzend oder im Bett liegend, Elwira hielt immer eine qualmende Kippe in der Hand und hatte eine Schachtel in ihren Radlerhosen stecken. Um ihre Löwenmähne waberte blauer Dunst, als sei sie ein mystisches Wesen. Alles an ihr – ihre abwechselnd unruhig zitternden Füße, die schmalen Augen, bei denen ich spürte, wenn sie mich in den Blick nahmen, die Art, wie sie ihre Schultern nach hinten drückte, um ihren Körper zu strecken, das Tempo, in dem sie die Hülsen stopfte –, wirklich alles an ihr strahlte eine ungeduldige Erwartung ans Leben aus. Bei Elwira hatte ich das Gefühl, sie könnte jeden Augenblick alles stehen und liegen lassen und einfach loslaufen bis ans Ende der Welt. Und würde sie mir ihre Hand reichen, würde ich sie genauso gedankenlos greifen und mitlaufen.

Als sie mich per Handschlag begrüßte, waren ihre Finger allerdings eiskalt. Mit einer Zigarette im Mundwinkel fragte sie, woher wir stammten.

»Aus Oberschlesien.«

Szymon stützte die Beine samt Schuhwerk an der Wand ab, als wollte er sich selbst davor bewahren, in Ohnmacht zu fallen. Neben seiner sonnenverbrannten Schulter balancierte eine Cola-Dose. Die kippte um und lief aus, als er sich drehte, aufrichtete und freudig in die Hände klatschte. »Hast du gehört, *Herzilein*? Welche von uns.«

»Natürlich. Ich stehe doch nur einen halben Meter entfernt von unseren neuen Mitbewohnern.«

Szymon und Elwira kamen aus Rybnik. Oder Racibórz? Sie waren Anfang zwanzig, verheiratet und kinderlos. An Vormittagen hingen die beiden meistens im Zimmer ab und gingen sich gegenseitig auf die Nerven. Wobei Elwira selbst zu der Tageszeit wie auf heißen Kohlen saß.

Während sie sich wieder an die Arbeit machte, bis

zur letzten Hülse Tabak stopfte, und wir unsere Sachen in den Schrank packten und die Betten bezogen, stieg Szymon die Leiter herab. Er kämmte seine lockigen Haare mit Fett nach hinten, sodass sie nass wirkten und glänzten. Auch sein dünner Schnauzbart glänzte und wirkte irgendwie verschwitzt. Obwohl er mehr nach schweigsamem Cowboy aussah, entpuppte sich Szymon bald als Plaudertasche. Sobald er in Gesellschaft war, schwadronierte er fröhlich, unüberlegt und ungefiltert drauflos. Das Gute an ihm war, er erwartete keine ebenso grenzenlose Offenherzigkeit von den Leuten, die er volllaberte. Womöglich prahlte er auch nur gern. Zum Beispiel davon, dass er und Elwira mit über 500 D-Mark ausgereist seien. In Złoty umgerechnet, war das gar nicht mal so wenig. Aber wie lange konnten zwei erwachsene Menschen in Deutschland damit über die Runden kommen? Lächerliche 500 Mark. Zu zweit.

Als wir das erste und einzige Mal die örtliche Bäckerei betraten und Vater die Brotpreise umgerechnet hatte, war er rückwärts wieder rausgegangen. Er weigerte sich partout, drei Mark fünfzig für ein Kasseler Landbrot abzudrücken. Mutter war da pragmatischer. Sie sagte, sie sei hergekommen, um ein besseres Leben zu führen, also müssten wir das halt bezahlen, wenn ein Brot so viel koste. Im Lebensmittelladen nebenan entdeckte Vater schließlich abgepacktes Weißbrot.

Wie viel Bares wir in unseren Taschen hatten, wurde mir gegenüber konsequent verschwiegen, aber Andrzejs Theorie bewahrheitete sich einmal mehr: Du kannst es am sonderbaren Verhalten ablesen, wenn jemand mit einem Haufen Bargeld unterwegs ist. So wie Vater. Und vermutlich hatte auch unser Zimmergenosse eins und eins zusammengezählt und ahnte, dass die Familienjuwelen im Rucksack schlummerten. Und so wie Vater den Rucksack nachts umklammerte, war auch klar, dass es weit mehr Penunzen sein mussten, als die beiden Fremden im Raum jemals gesehen hatten.

KAPITEL 17

Auf ein besseres Leben. Auf das Ende der PZPR-Diktatur. Auf die Demokratie. Auf den Elektriker und späteren Gewerkschaftsführer und noch späteren Präsidenten Lech Wałęsa. Auf den Zusammenhalt der Schlesier. Auf Rybnik. Oder Racibórz? Auf Salesche. Auf die Bergmänner. Auf die Frauen. Auf die hart arbeitende Bevölkerung. Auf das große Glück. Auf was weiß ich.

Seit dem Mittag begossen meine Eltern, Szymon und Elwira unsere Ankunft in Deutschland mit fiftyfifty Korn-Cola-Mischungen. Szymon erwähnte, dass ihnen ein Pole bei der Antragstellung gegenübergesessen hatte. »Unser Sachbearbeiter muss schon vor Jahren nach Deutschland ausgewandert sein.«

»Deshalb saß er ja auf der anderen Seite des Schreibtischs«, sagte Elwira augenrollend.

»Aber geholfen hat uns der Mann kein Stück. Er ist ewig mit dem Finger die Landkarte des Deutschen Reichs abgefahren, um die Geburtsorte meiner Eltern zu suchen, und hat dabei unaufhörlich auf Deutsch gefaselt, als sei er sonst wer.«

»Ich habe in der Schule nur Russisch gehabt«, kam wieder Vaters ewige Leier, »aber ich habe so gut wie alles verlernt. Das darf mir mit der deutschen Sprache auf keinen Fall passieren.«

»Der glaubte wohl«, regte sich Szymon weiter auf, ohne auf sein Gegenüber einzugehen, »wir würden seinen Akzent nicht raushören. Stimmt's, *Herzilein*?«

»Ein echter *Gorol*«, äffte Elwira den polnischen Singsang nach.

»Polen hassen Polen manchmal mehr, als die Deutschen es tun«, sagte Szymon. »Solidarność? – Am Arsch. Hauptsache, sie haben's im Ausland geschafft. Aber einem armen Landsmann helfen, da kannst du lange warten.«

»Hat er's denn zugegeben?«, fragte Vater.

»Was denn?«

»Dass er eigentlich Pole ist.«

Szymon spitzte die Lippen, als wollte er an seinem Schnurrbart riechen.

»Ehrlich gesagt«, überlegte Mutter laut, »bin ich mir auch unsicher, ob wir die Formulare korrekt ausgefüllt haben. Mit am Schreibtisch hat zwar eine Sprachmittlerin gesessen, aber die Sache mit dem ›Bekenntnis‹ konnte auch sie uns nur schwer erklären.«

»Apropos, korrekt ausgefüllt –«, Szymon holte eine weitere Flasche *Schwarze Frühstückskorn* hervor. »Jetzt schieben wir mal die Bekenntnisse zur Seite und freuen uns alle, dass wir hier sind.«

Regen prasselte unaufhörlich gegen die Fensterscheibe. Ich lag im Bett und versuchte, kraft meiner Gedanken die Zimmerdecke auf mich stürzen zu lassen, als Elwiras Kopf über meinen Matratzenrand lugte. Ich richtete mich auf der Stelle wie ein Hampelmann auf. Das musste schrecklich nervös rübergekommen sein. Also ließ ich mich im nächsten Augenblick möglichst lässig wieder nach hinten fallen und stützte mich mit den Händen ab.

Sie hielt mir einen Becher hin.

Und ich musste meine möglichst lässige Position gleich wieder aufgeben, lehnte mich vor und nahm den Becher entgegen.

»Danke.«

»Auf dich«, sagte sie.

Auf mich? Sie trank auf mich. Nicht auf irgendwelche großen Persönlichkeiten oder Sentimentalitäten, sondern auf mich. Mein Herz sprang Seilchen. Verlegen betrachtete ich den weißen, geriffelten, wabbeligen Plastikbecher, als hätte sie mir den Heiligen Gral gereicht, und überlegte, was ich darauf antworten konnte. Sollte ich auch *auf dich* sagen und ihr dabei tief in die Augen blicken? Das war zu viel. Das traute ich mich nicht. Ich überlegte und überlegte, aber mir fiel nichts ein, mir fiel nur auf, dass ich langsam irgendetwas machen musste. Also stieß ich wortlos meinen Becher gegen ihren.

Der erste Schluck im Mund, schon wurde mir der Zahnschmelz abgetragen. River Cola. Pur. Angeekelt rollte ich die Zunge aus. Da schmeckten selbst die Cola-Imitationen in Polen besser.

»Darf ich mal deinen Walkman ausleihen?«, fragte Elwira.

»Ja«, flüsterte ich.

Sie reichte mir ihren Becher. »Hältst du den so lange für mich?«

Jetzt saß ich mit zwei Bechern in den Händen in der denkbar unbequemsten Haltung auf meiner

Matratze und schaute zu, wie Elwira meine Kopfhörer auseinanderzog, um sie über ihr toupiertes Haar zu stecken. Das hatte mir auch bei Ola Ogonek so gut gefallen. Wobei Ola das auf rabiatere Weise getan hatte. Elwira dagegen rückte die Schaumstoffkappen vorsichtig zurecht, nahm den Walkman in beide Hände und schloss die Augen, als die Musik loslegte. In ihrem Gesicht gab es so viel zu entdecken. Ihre Wimpern waren vom Mascara verklebt. Ihre Nase hatte die Form einer Sprungschanze, und auch ihre etwas trockenen Lippen waren schwungvoll geformt.

»Wem habt ihr's zu verdanken, nach Deutschland ausreisen zu dürfen?«, fragte Szymon.

Vater nahm seinen Becher und nippte sehr lange daran.

»Meiner Schwiegermutter«, sagte Mutter.

»Schwiegervater lebt nicht mehr?«, fragte Szymon.

»Doch«, sagte sie. »Er ist in Polen geblieben.«

»Verstehe«, behauptete er und fingerte in seinem Schnurrbart herum. »Wann wollt ihr sie besuchen?«

»Hat keine Eile«, sagte Vater leise, aber nicht leise genug und vor allem viel zu schnell.

Mutter wechselte das Thema.

Nach einer Weile öffneten sich Elwiras Augen zaghaft wie Muscheln. Sie drückte die *STOP*-Taste und legte Walkman und Kopfhörer zurück auf meine Matratze.

»Ganz schön traurige Ballade.«

»Hat mir eine Freundin, ähm, ich meine Ola, aufgenommen«, stammelte ich aufgeregt. »War ein Abschiedsgeschenk.« Eine glatte Lüge. Ich hatte mir die Kassette nur ausgeliehen und es vermasselt, sie Ola rechtzeitig zurückzugeben.

Elwira klemmte sich eine brennende Zigarette zwischen die Lippen, nahm mir die Becher ab, stellte sie zur Seite und forderte meine Hand. »Na, los. Sei nicht so schüchtern. Hat noch nie ein Mädchen deine Hand halten dürfen?«

»Doch. Sicher«, log ich weiter.

Nachdem sie zuerst nur meine Hand festgehalten und angestarrt hatte, streichelte Elwira jetzt über meine Handfläche, meine Finger. Sie beförderte die Kippe, ohne sie mit den Fingern zu berühren, in ihren Mundwinkel. Das war an Lässigkeit nicht zu überbieten.

»Die Schicksalslinie und die Herzlinie«, sagte sie dann.

»Äh ... Was?«

Elwira nickte, eher an meine Hand gerichtet als an mich. Dann sagte sie verschwörerisch: »Ich sehe, dir steht eine goldene Zukunft bevor.«

Ich blinzelte, wollte mir aber nicht anmerken lassen, dass mir vom Qualm die Augen tränten.

»Eine goldene Zukunft? Heißt das, wir dürfen in Deutschland bleiben?«, presste ich hervor.

Sie gab mir zu verstehen, sie weiterlesen zu lassen. Elwiras Zigarette war bis auf den Filter runtergebrannt. Sie drehte sich um und versenkte den Stummel in einer Cola-Dose. Ich nutzte die Gelegenheit und wischte die Tränen weg. Elwira steckte sich die nächste Zigarette an und drehte sich wieder zu mir.

»Ich sehe blaue Geldscheine«, beschrieb sie meine Zukunftsvision. »Lauter Hunderter und rote Zweihunderter. In Banderolen gebündelt. Du wirst in Geld schwimmen. Oh, und ich sehe Goldketten und Rubinringe. Echte Rubine, so rot wie Wein. Und du wirst ein Auto haben. Einen weißen Lamborghini Countach mit Ledersitzen, weißt du, so einen mit aufklappbaren Frontscheinwerfern und Türen, die nach oben aufgehen.« Sie hob eine Augenbraue, als wollte sie fragen: Hältst du das etwa für Budenzauber?

Keine Ahnung, wie ich sie anschaute. Selbstverständlich kam es mir absurd vor, dass mir in der Zukunft Autos wichtig sein sollten. Aber es gefiel mir, von ihr berührt und gestreichelt zu werden. Also fiel mir nichts Besseres ein, als Elwiras Wohlstandsfantasie weiterzuspinnen. »Werde ich in einem Haus wohnen?«

»Oh, ja. Und in was für einem.« Sie streichelte wieder sanft meine Hand. Auf jedem ihrer Finger steckten mit Steinen verzierte Ringe. Dazwischen ein schlichter Goldring, ihr Ehering. Ich merkte, wie ihr Griff nachließ, wie sie im Begriff war, ihre Hand wegzuziehen.

»Und ein Swimmingpool?«, fragte ich schnell.

»Was?«

»Wird das Haus, in dem ich mal leben werde, auch einen Swimmingpool haben? Kannst du das sehen?«

»Meinst du die Schweißpfütze in deiner Hand?« Sie kicherte.

Inzwischen versuchte Szymon, einen Radiosender

einzufangen, der letztens *Tarzan Boy* gespielt hatte. Er kannte den Videoclip zu dem Song und wollte unbedingt genau so eine Frisur haben wie der Sänger Baltimora. Er zeigte stolz auf seine Lockentolle.

Vater wollte wissen, ob dieser Baltimora denn auch Schnauzer trage.

Nein, der sei doch Engländer, meinte Szymon und zog die Antenne bis zum Anschlag heraus, drehte verzweifelt am Radio, aber auf allen Frequenzen kamen Nachrichten.

Elwira hatte eine andere Idee: »Lasst uns Jareks Kassette hören.«

Der Campingtisch wurde zusammengeklappt. Vater klammerte Elwira an sich, und Szymon ließ sich von meiner Mutter führen. Sie tanzten Discofox zu *Budka Suflera* und *Lady Pank*. Auf so engem Raum eine Tanzfläche zu eröffnen, war schon eine Sensation. Vater bewegte seine Hüfte und wirbelte Elwira gekonnt und sicher um ihre eigene Achse. Elwiras Mähne schwang umher, der süße Haarspray-Duft vertrieb den Qualm und betäubte mich auf angenehme Weise, je tiefer ich ihn einsog.

Mutters Gesichtszüge entgleisten. »Szymon! Du trampelst mir ständig auf die Füße. Zieh doch wenigstens die Schuhe aus.«

»Aber ich habe schlimmen *Szwajfus*«, sagte er. »Riecht schlimmer als nasser Hund.«

Elwira machte eine Wegwerfbewegung. »Er übertreibt.«

»Sobald ich Arbeit gefunden habe«, schwor Szymon, »kaufe ich mir sofort drei Paar Schuhe. Echte Adidas ...«

Für den nächsten Tanz angelte Mutter sich ihren Mann als Partner. Szymon schien aber ohnehin keine tänzerische Leidenschaft zu haben. Er stampfte zur Fensterbank, leckte die letzten Tropfen aus der Kornpulle und fragte: »Was ist scheiße?« Um gleich darauf die Antwort selbst zu liefern: »Eine Flasche Schnaps zu viert.«

Zwar hatten die vier bereits die zweite Flasche plattgemacht, aber der Witz kam trotzdem gut an. Und die nächste Runde Drinks erst recht.

Dann war die Kassette zu Ende. Szymon stellte sich vor Elwira, die gerade mit beiden Händen ihre Frisur nachtoupierte. Er fasste ihr an den Oberschenkel und flüsterte etwas in ihr Ohr. Elwira lachte kurz und spitz. Sie ging zum Rekorder und drehte die Kassette um.

KAPITEL 18

Die Zeit im Lager zog sich hin wie ein langer, öder Stau, an dessen Ende mehr und mehr Autos andockten. Meine Eltern saßen oder standen vielmehr die meiste Zeit im Verwaltungsgebäude, um noch diesen Antrag auszufüllen oder jene fehlende Information nachzureichen. Ständig mussten sie etwas unterschreiben, das sie nur halb verstanden. Aber sie vertrauten darauf, dass es uns voranbringen würde.

Oft stellte ich mir vor, wie viel Spaß ich mit Andrzej wohl in diesem Lager gehabt hätte. Meine Eltern legten mir nahe, mir Freunde zu suchen. Ach was. Nur wie? Entweder sprangen hier kreischende Kleinkinder umher. Oder es lief ab wie mit den Zwillingen in meinem Alter: Kaum hatten wir einander die Hände geschüttelt, waren sie auch schon in eine andere Stadt verlegt worden.

Hin und wieder schaute ich bei den Elektronikern vorbei. Dort trank ich ein Glas körnigen Instanteistee und bekam hin und wieder Batterien für den Walkman geschenkt, fürs Löten und Schrauben aber hatte ich leider nicht nur absolut kein Talent, sondern auch eine unterirdische Frustrationstoleranz. Manchmal spielte ich Fußball. Da waren immer welche mit *Legia-Warszawa*-Shirts dabei. Und so unfair wie die Profis spielten auch ihre Anhänger. Anfangs hatte Vater noch mitgekickt, bis er erfuhr, dass einer der Männer als Milizionär in Katowice gearbeitet hatte. Von da an war er sich sicher, dass auch den anderen Legia-Männern nicht zu trauen war, auch wenn die vehement abstritten, je für die Kommunisten gearbeitet zu haben. »Früher Verräter und Mörder, heute Lügner«, sagte Vater. Ich spielte trotzdem weiter mit. Bis ich während eines Matches einen Bodycheck von einem drei Köpfe größeren Legianisten abbekam und mir schwarz vor Augen wurde.

Ich stolperte über die Wiese hinter der Kirche und dabei beinah auch über Elwira. Sie und eine Handvoll anderer Frauen badeten in der Sonne. Ich winkte, grüßte und wollte direkt weiter. Aber Elwira hatte genug vom Sonnenanbeten. Sie zog ihre zu Hotpants abgeschnittene Jeans an, quer über ihren Bauch verlief eine lange Narbe. Elwira bemerkte, dass ich auf die Stelle starrte. Schnell legte sie ein langes Shirt darüber und fragte: »Hast du auch Lust auf Fritten?«

In der Gaststätte am Ortseingang spendierte Elwira uns zweimal Currywurst-Pommes rot-weiß. Wir setzten uns mit den Schalen auf den Bürgersteig. Oma Agnieszka hätte Elwira wahrscheinlich als verschwenderisch bezeichnet, ich als großzügig. Und spätestens zu diesem Zeitpunkt als eine Freundin. Elwira fand, wir würden uns so gut verstehen, weil wir beide Einzelkinder waren. Ich fand, zwischen uns lagen nur wenige Jahre. Sie sagte, sie könnte jeden Tag Pommes essen. Wie eine Erwachsene hörte sie sich absolut nicht an.

Dann zeigte sie auf das Häuschen gegenüber:

»Hinter den Gardinen steht einer.« Sie legte ihre Schale weg und stellte sich hin. »Das sollten wir uns mal aus der Nähe ansehen.«

Ich fand alles andere besser, als da rüberzugehen. Aber sie meinte, wenn der uns beobachte, dürften wir das doch wohl auch. Gleiches Recht für alle. Also ließ ich sie nicht hängen und ging mit über die Straße und durch den Vorgarten und spähte eng an ihrer Seite durch das Fenster und durch die Löcher der Spitzengardine ins Wohnzimmer. Es war menschenleer.

»Niemand da«, sagte ich.

»Doch.«

Ein Haarschopf tauchte hinter dem Couchsessel auf, und im nächsten Moment flitzte ein Kind aus dem Wohnzimmer.

»So alt wäre der da jetzt auch«, sagte Elwira und stopfte den Saum des T-Shirts unter den Bund ihrer Jeans.

KAPITEL 19

Ständig klopfte jemand an unsere Zimmertür. Vor allem ältere Damen fragten nach Szymon, sie hätten gehört, er sei Friseur. Und Szymon improvisierte bravourös – mit Kochschürze, Kamm und Küchenschere – und verdiente auf diese Weise als einer von wenigen Menschen im Lager Geld. Wobei, Geld ... Am liebsten ließ er sich dann doch mit Hochprozentigem auszahlen. Und zwar *bevor* er auch nur einen Handgriff tat. Allerdings ging sein erster Griff stets zur Flasche, weshalb drei Kundinnen an einem Nachmittag für ihn das Höchste der Gefühle blieben. Aber wenigstens hatte er etwas zu tun. Was sollte man auch sonst machen?

In schlechten Zeiten hatten wir Kartoffeln am Straßenrand von Opole aus unserem Maluch heraus verkauft oder Vaters doppelte Zigaretten-Ration als Bergmann. Oder er hatte die ihm pro Monat zustehende halbe Tonne Kohlen verhökert. Hier in Deutschland aber waren wir auf *Familienbesuch*. Außerdem hatten meine Eltern in den Wochen vor unserer Ausreise genügend Reserven auf dem Schwarzmarkt gewechselt.

Nachts wurde es nie richtig dunkel in unserem Zimmer, denn Szymon hatte mit dem ins Fenster geklemmten Stuhl die Jalousie zerstört. Und richtig viel frische Luft gab es auch nicht. Wir ließen das Fenster nie länger gekippt, um den Lärm aus der *Bonanza* fernzuhalten. Die Holzbaracke auf der Wiese war eine improvisierte Unterbringung für allein angereiste Männer, jede Nacht wurden hier Wettbewerbe im Armdrücken ausgetragen. Und zu allem Übel stand mein Bett auch noch direkt an der Pappwand zum Flur, weshalb ich jedes Gespräch von dort mit anhören musste. Es war zum Verrücktwerden.

Wenn ich schlief, träumte ich oft unruhig. Einmal begegnete ich im Traum Onkel Henyek. Anfangs kam es mir noch selbstverständlich vor, dass er lebte. Als er aber sagte, so toll sei es *hier drüben* gar nicht, und ich langsam begriff, dass er vom Jenseits sprach, schreckte ich auf und war hellwach. Am liebsten hätte ich meine Eltern geweckt, um ihnen zu erzählen, wie real mir der Onkel im Traum erschienen war. Doch ich blieb liegen und starrte die Decke an. So zerstückelten sich meine Nächte in kurze Episoden aus Schlaf- und Wachzuständen, in denen die Gedanken sich überschlugen.

Eines Nachts hörte ich Szymon und Elwira den Flur entlangkommen. Szymon johlte seinen unverwechselbaren *Tarzan-Boy*-Schrei. Einige Minuten später fand das Paar auch die richtige Zimmertür.

Jedes Mal, wenn sie des Nachts reinplatzten, torkelte Szymon gegen mein Bett, oder er schaltete gleich das Licht an, um dann trotzdem gegen das Bettgestell zu stoßen. Manchmal bemerkte er, dass ich mit offenen Augen dalag, dann entschuldigte er sich laut lallend für sein Missgeschick und wiederholte seine Worte zigmal und hörte gar nicht mehr auf, bis auch meine Eltern ihm inständig versicherten, dass er mir glauben könne und morgen die Sache vergessen wäre.

Nachdem Szymon auch diesmal heftig mit dem Kopf an mein Bett gestoßen war, saß er vornübergebeugt auf Elwiras Matratze. Der Kopf schwankte ihm zwischen den Beinen. Seine Treter hatte er vor der Zimmertür ausgezogen und dort auch gleich geparkt. Seine Hände versuchten nun, die Tennissocken von den Füßen zu schälen. Mit den schlimmen Schweißfüßen hatte er kein bisschen übertrieben. Leider war er nachts permanent zu voll und zu faul, sich zu waschen. Es war jedes Mal ein Segen, wenn Szymon so hackedicht ins Zimmer wankte, dass er, von Elwira gestützt, wie ein Kartoffelsack aufs Bett fiel, weil er seinen Rausch dann in Schuhen ausschlief.

Doch war das keine dieser Nächte. Elwira hatte sich im Halbdunkel zum Fenster gedreht, sich ausgezogen und war mit einem übergroßen T-Shirt bekleidet unter die Bettdecke geschlüpft. Szymon war nicht nur ohne Schuhe, sondern auch ohne T-Shirt hereingekommen. Er schnaufte, als er auch noch Gürtel und Jeans loswerden wollte. Elwira stand noch mal auf und half ihm aus den restlichen Klamotten. Nur die Socken behielt er an. Dann schob sie ihn zu sich ins Bett und kuschelte sich daneben.

Ich schloss die Augen und konzentrierte mich auf meine Atmung, um wieder einzuschlafen. Ich stellte mir vor, wie Sauerstoffbläschen durch Nase und Lunge ins Blut wanderten und in der Dunkelheit durch meinen Körper zirkulierten. In meine Atemtechnik mischte sich aber ein Rhythmus, den ich nicht zu kontrollieren wusste, weil es nicht meine Atmung war, die ihn hervorbrachte, sondern Elwiras.

Leise schob ich mich bis zur Bettkante vor. Ohne viel zu erkennen, wusste ich: Elwira und Szymon hatten Sex.

Ich schaute zum Doppeldecker meiner Eltern, der parallel zu dem der beiden stand. Sie schliefen tief. Oder sie taten so. Und was sollten sie auch anderes tun? Mir sagen, halt dir die Ohren zu, Junge, und dreh dich zur Wand, bis die fertig sind?

Es rauschte in meinen Ohren, in meinem Kopf. Ich hatte Angst, dabei erwischt zu werden, etwas so Privates zu beobachten, statt diskret die Augen zu verschließen. Meine bis dahin intimste körperliche Erfahrung hatte ich mit Andrzej erlebt, als der mir den Rücken mit Bräunungsbeschleuniger eingeschmiert hatte und seine Hand scherzhalber hinter den Bund meines Schlüpfers gefahren war. Wie das mit der Fortpflanzung funktionieren sollte, hatten wir in der Schule gelernt, aber von Sex und wie man es anstellte, ihn zu haben, hatte ich null Ahnung. Dass jemand wie Szymon sexuelle Ausstrahlung erzeugen konnte, war mir allerdings ein noch viel größeres Rätsel. Es musste etwas mit dem geheimnisvollen *Wenn zwei sich lieben* zu tun haben.

Irgendwann hörte ich das Feuerzeugrädchen und Elwiras kräftiges Inhalieren. Zigarettenrauch stieg zu mir auf. Erleichtert sog ich ihn durch die Nase in meine Lungenflügel und spürte endlich meinen Körper wieder in die Dunkelheit absacken.

KAPITEL 20

Unter den Menschen im Auffanglager kursierten verschiedene Ortsnamen als potenzielle zukünftige Adressen. Manche wollten nach Bergkamen oder nach Schwerte. Dort, hieß es, würden noch Zechen laufen. Andere hielten dagegen: Zu glauben, die Deutschen würden ihre begehrten Arbeitsplätze ausgerechnet mit uns teilen, sei naiv. Unna sei doch ein feiner Fleck, warum also nicht hierbleiben? Oder Dortmund. Das sei zwar dreckig, aber wir Oberschlesier würden uns dort sicher schnell heimisch fühlen. Hahaha. Andere wollten zurück nach Hamm, und wieder andere meinten, dort würden ihnen zu viele Ausländer leben.

Nur Szymon und Elwira machten den Eindruck, als sei das Lager eine Ferienanlage und sie Teil der Animationstruppe, die Abend für Abend dieselbe stramme Vorstellung ablieferte. Dank Schnaps und Cola fanden sie in jedem Haus des Lagers neue Freunde. Täglich flatterten positive Bescheide herein, und die neuen Bekanntschaften zogen weiter. Szymon und Elwira gehörten jedoch nicht zu den Auserwählten. Was schiefgelaufen war, konnten die beiden nicht nachvollziehen. Waren ihre Nachweise unvollständig? Hatten sie etwas falsch angekreuzt? Hatte es was mit dem *Bekenntnis zum deutschen*

Volkstum zu tun? Oder hatte der polnische Sachbearbeiter sie tatsächlich in die Pfanne gehauen? Was es auch war, eines Tages wurden Szymon und Elwira aufgefordert, das Zimmer zu räumen und schnellstmöglich nach Polen zurückzukehren, denn mittlerweile waren auch ihre Urlaubsvisa abgelaufen.

Zum Abschied schüttelte Elwira mir nur kurz die Hand. Ihre Finger waren genauso kalt wie am Tag unserer Ankunft. Ich überlegte, was ich ihr sagen könnte. Auf Wiedersehen? Leb wohl? Gib die Hoffnung nicht auf? Oder: Bist du dir tatsächlich sicher, dass Szymon der Richtige ist? Wir leben in modernen Zeiten, Scheidung ist eine Option. Sämtliche Floskeln kamen mir lächerlich vor. Und ich mir auch.

Elwira wendete sich an meine Mutter. Sie bat um Geld. Sie nahm einen ihrer Ringe ab, um 100 oder wenigstens 50 Mark dafür zu bekommen, denn das, was von ihren 500 DM übrig geblieben war, reichte nicht für Bustickets. Nicht mal genügend deutsche Zigaretten konnten sie mitnehmen, um zu Hause zu beweisen, dass sie hier gewesen waren.

Die frei gewordenen Betten wurden einem tschechischen Paar mit gut vierzigjährigem, ledigem Sohn zugeteilt. Weder tranken sie, noch qualmten sie, noch vergnügten sie sich anderweitig. Sie waren ordentlich. Morgens strichen sie pedantisch ihre Bettdecken glatt, als könnte jeden Augenblick ein Offizier reinstürmen, um das zu überprüfen. Um bloß niemanden zu stören, zwinkerten sie uns zu oder murmelten knappe Begrüßungen. Untereinander unterhielten sie sich fast ausschließlich im Flüsterton.

Von Szymon und Elwira war eine ganze Batterie leerer Flaschen im Zimmer zurückgeblieben. Es musste ja nicht alles anders sein als in Polen, dachte ich mir. Warum nicht auch in Deutschland mit Flaschen etwas Geld verdienen? Ich sammelte alles in zwei Plastiktüten ein und lud das Leergut auf den Gepäckträger eines geliehenen Fahrrads.

Im erstbesten Kiosk bekam ich knapp eine Mark für die Bierpullen aus der einen Tüte. Die leeren Schnaps- und River-Cola-Flaschen aber fasste die Verkäuferin nicht an. Sie murmelte etwas vor sich hin, das ich nicht verstand. Wenn ich von Andrzej aber eins gelernt hatte, dann, dass man nicht so leicht aufgeben durfte, wenn es Probleme gab. Weil mein Repertoire an pfiffigen Einfällen jedoch beschränkt war, blieb ich stehen und wartete, dass die Verkäuferin auch das restliche Leergut noch mit abrechnete. Von wem die Flaschen kamen, konnte sie ja unmöglich wissen.

Die störrische Frau aber weigerte sich weiterhin, zeigte nur auf meine Beute und sagte: »Nein!«

So standen wir uns eine Weile stur gegenüber. Hinter mir wartete bereits eine Reihe weiterer Kunden. Ein Mädchen mit kanariengelb gefärbten Haaren schnalzte laut, der Junge neben ihr glotzte mich an. Ich streckte die Hände von mir, um zu verdeutlichen, ich könne nichts dafür. Aber das Mädchen blickte mich an, als hätte ich sie belästigt. Sie unterhielt sich mit der Verkäuferin und wollte sich an mir vorbeidrängeln. So leicht ließ ich mich nicht wegschubsen.

»Pass bloß auf!«, sagte der Junge neben ihr und rempelte mich an.

Stoisch schüttelte ich den Kopf, immer noch der festen Meinung, mir werde das Pfandgeld vorenthalten.

Da nahm die Verkäuferin eine der leeren Schnapspullen und zeigte mit dem Ausguss in Richtung des Parkplatzes: »Container. Verstehst du, Junge? Da müssen die hin, in den Container!«

So lief das also hier in Deutschland. Glasflasche war nicht gleich Glasflasche. Die einen brachten Pfandgeld ein, die anderen waren wertlos. Innerlich verfluchte ich Szymon und Elwira.

Schließlich packte ich die verbliebene Plastiktüte und hörte die deutsche Schlange in meinem Rücken erleichtert aufatmen. Draußen vor der Tür drehte ich mich wütend und wie ein Hammerwerfer mehrmals im Kreis und schleuderte meine wertlos gewordene Beute in hohem Bogen über den leeren Parkplatz in Richtung der Altglassammelstelle. Sie knallte gegen den braunen Container. Es schepperte und klirrte, die Splitter flogen bis auf den Fußweg, was mir ein herrliches Gefühl der Genugtuung verschaffte.

KAPITEL 21

Es war mal wieder so eine schlaflose Nacht. Ich saß mit Langenscheidt-Wörterbuch und *Quelle*-Katalog in der Gemeinschaftsküche und paukte Begriffe wie *Spitzen-Qualität, Superpreise, taillenhoher Tanga mit Litze und Webgummiband* und nicht zuletzt die *ideenreiche Kombi-Kollektion für sportliche, aktive Frauen.*

Auf einmal hörte ich aus der Küchenwand ein Quieken und Rappeln. Mauskämpfe. Ich legte den Katalog zur Seite, schnappte mir eine Flasche Essigessenz und drehte den Verschluss auf. Die Säure stieg mir sofort in die Nase. Großzügig tränkte ich ein Geschirrtuch mit der beißenden Flüssigkeit und stopfte den triefenden Lappen ins Loch in der Fußleiste.

»Was tust du da?«

Ein Mädchen stand hinter mir. Sie stemmte ihre Hände in die Hüften. Ihre gefeilten, lackierten Fingernägel leuchteten auf der schwarzen Seide ihres kurzen Bademantels. Dazu trug sie passende, samtbezogene Hausschlappen. Neben dem Turm aus schmutzigen Tellern und Töpfen mit verkohlten Essensresten hätte sie keinen stärkeren Kontrast erzeugen können. Sie musste neu im Lager eingetroffen sein.

»Verstehst du kein Polnisch?«

Ich räusperte mich. »Essigessenz vertreibt Mäuse.«

»Aber Mäuse sind gut«, sagte sie und trat einen Schritt näher. Kurz glaubte ich, sie würde sich bücken und das Geschirrtuch wieder herausziehen. Sie überlegte es sich anders und hielt sich stattdessen die Nase zu.

»Ich will die Mäuse nicht töten«, sagte ich. »Nur von hier vertreiben.«

»Lieber Mäuse als Ratten«, meinte sie. »Denn wo Mäuse sind, kommen keine Ratten hin. Und Mäuse sind verhältnismäßig harmlos.«

Von wegen. Opa Edmund hatte manchmal so tief geschlafen, dass die Mäuse sogar seine Füße angeknabbert hatten.

»Ratten dagegen«, sagte sie, »wandern durch die Kanalisation, und insbesondere im Erdgeschoss kann das lebensgefährlich sein.«

Insbesondere im Erdgeschoss ... Ihr belehrender Ton ging mir mächtig auf die Nerven. Ich trat das stinkende Knäuel noch tiefer ins Loch.

»Hast du keine Angst, dass dir eine Ratte in den Sack beißt, während du auf der Toilette sitzt?«

Wir stellten uns einander vor. Sie hieß Monika. Monika Engel. Fünfzehn Jahre alt. Sie und ihre Familie waren an dem Tag aus »Bromberg« – wie sie sagte – mit einem Reisebus eingetroffen.

Monika kippte Milch in einen sauberen Topf und drehte eine elektrische Herdplatte auf. Ich setzte mich an den Tisch, steckte die Nase wieder in den Katalog und tat so, als würde ich mich wahnsinnig für Etagenbetten interessieren. Weil die im Lager ja so was von bequem waren. *Bettkasten auch als dritter Schlafplatz verwendbar!* Soso. Sieh einer an.

»Habt ihr schon euren Bescheid bekommen, ob ihr echte Deutsche seid?«

Ich blickte zu ihr auf. Monika stand mitten in der Küche, die Arme um den Oberkörper geschlungen, als wollte sie hier bloß nichts berühren.

»Äh, nein, haben wir noch nicht. Aber unsere Zimmergenossen. Die mussten zurück.«

»Oh«, sagte sie.

»Ach«, sagte ich und blätterte weiter.

»Wenn das hier vorbei ist«, sagte sie, »ziehen wir nach Werne.«

»Da wär ich mir an deiner Stelle nicht so sicher. Wir wollten eigentlich zu meiner Oma nach Hannover, aber das Lager Friedland war voll und …«

»Wir heißen *Engel*. Weißt du, was das heißt?«

»Weiß ich.«

»Ich meine nicht wortwörtlich.«

»Schon klar. Deutscher Nachname. Na und? Das hat nichts zu bedeuten.« In Schlesien gab es viele Familien mit deutsch klingenden Nachnamen, und trotzdem würde niemand auf die Idee kommen, sie als Deutsche anzusehen. Nicht mal sie selbst.

»Doch«, sagte Monika. »Es macht alles einfacher. Außerdem sprechen wir fließend Deutsch.«

Das machte tatsächlich einiges einfacher. Aber wenn sie einen deutschen Namen hatten und auch die Sprache beherrschten, was machten sie dann hier im Lager?

»Seid ihr *echte* Deutsche?«

Monika erwiderte etwas auf Deutsch, von dem

ich nicht ein Stück verstand. Dabei flitzten ihre Augen umher, überprüften mein verwirrtes Gesicht.

»Du weißt echt nicht, wie es läuft?« Sie drehte die Herdplatte runter. Sie überlegte. Dann fragte sie: »Stand der Name deiner Großeltern auf Volksliste 3?«

»Keine Ahnung. Hängen die Listen im Hauptgebäude aus?«

Sie hob eine Augenbraue. »So was weiß man doch von seiner Familie.«

Langsam wurde es mir zu blöd. Die sollte mal Klartext reden. Oma Agnieszka konnte jedenfalls Deutsch sprechen. Sie hatte als Kind die Sprache gelernt, als in Oberschlesien Deutsch Amtssprache gewesen war. In der Schule und in der Öffentlichkeit hatte sie ausschließlich Deutsch geredet. Polnisch hatte man in ihrer Familie nur untereinander gesprochen und auch nur in den eigenen vier Wänden. Als die Front kurz vor Kriegsende durch ihr Dorf Ujazd verlief, hatte im Rückzug ein Wehrmachtssoldat eine Handgranate auf das Elternhaus meiner Oma geworfen. Sie hatte mir unzählige Male von den lodernden Flammen erzählt, die das Haus bis auf die Grundmauern auffraßen. Meine Oma, ihre Mutter und ihre Schwestern überlebten und wohnten danach bei Verwandten. Bis die Russen kamen und an allen, die sie zum Deutschen Reich zählten, Vergeltung übten. Die Familie meiner Oma lief in die eine Richtung, die übrige Verwandtschaft in die andere. Meine Oma und ihre Familie überlebten.

»Ist dein Opa tot?«, fragte Monika.

»Was? Nein.« Dasselbe hatte auch Szymon gefragt. »Wieso sollte er?«

»Du hast gesagt, ihr wolltet zu deiner Großmutter. Da dachte ich ... Na ja, geht mich ja nichts an. Jedenfalls waren Teile Polens mal deutsches Gebiet, eine Art Kolonie«, nahm Monika ihr Referat wieder auf, »im Fall deiner Großmutter Schlesien, und deshalb durfte sie herkommen. Und ihr als Nachzügler.«

Ich nickte. Das war die Nische.

»Aber ihr seid nicht zum Urlaubmachen hier. Ihr wollt im Land bleiben und Staatsbürger werden. Und das funktioniert nur, wenn ihr euer Deutschtum nachweisen könnt.«

»Wir haben einen ganzen Haufen Nachweise abgegeben, wo meine Oma und mein Opa geboren wurden und wo sie zu Kriegszeiten lebten, Arbeitsnachweise, Urkunden und all so was.«

»Das ist ein Anfang«, sagte Monika. »Aber Boden allein genügt nicht. Um Deutsche zu werden, müsst ihr Blut-und-Boden-Vergangenheit nachweisen.«

Ich verstand noch immer zu wenig von dem, was Monika da faselte, aber langsam bekam ich ein Gefühl, dass unsere Karten eher schlecht aussahen. Wir waren zwar im oberschlesischen Teil Polens zur Welt gekommen, gehörten jedoch keiner deutschen Minderheit oder schlesischen Landsmannschaft an. Wir sprachen schlesischen Dialekt, aber weder Oma noch sonst wer hatte uns Deutsch beigebracht. Wir waren Polen. Sicher, das konnte schon mal missverstanden werden. Einmal war Elwira ins Zimmer gestürmt, ganz aufgebracht. »Jadzia, Jadzia. Selbst in den Apotheken wird vor uns gewarnt.« Mutter staunte, wollte ihr aber so recht keinen Glauben schenken. »Doch«, hatte Elwira beharrt: »Auf einem Pappaufsteller im Apothekenfenster steht ganz groß: *Achtung, die Polen sind da!*«

»Wir sind nicht solche Schlesier«, sagte ich zu Monika.

»Und deshalb sagte ich vorhin, habt ihr im besten Fall schriftlich, dass die Nazis deine Großeltern auf Volksliste 3 geführt haben. Weder Arier noch Untermenschen, aber zumindest eine slawische Rasse, die als Mittel zum Zweck nützlich war«, sagte Monika. »Was grinst du denn so? Glaubst du, ich denk mir das aus?«

»Meine Oma lebt seit fast acht Jahren in Deutschland, mit deutschem Pass. Also sind wir doch aus dem Schneider. Wir sind schließlich eine Familie.«

»Vor acht Jahren sah das noch anders aus. Seit dem Mauerfall hat sich die Rechtslage verschärft.« Monika zuckte mit den Schultern und grinste durchtrieben zurück. »Ansonsten müsst ihr wohl oder übel zur Blutuntersuchung.«

Ich tippte mir an die Schläfe. »Dir schlägt's auf den Deckel. Zur Blutuntersuchung ...«

Sie setzte ein mitleidiges Gesicht auf, als wollte sie sagen: Du wirst schon noch sehen, wie es wirklich abläuft. Ich gab mir Mühe, so zu tun, als wäre mir das alles egal. Blutuntersuchung. So ein Käse. Wer sollte die denn durchführen? Ja, gut, in der Krankenstation arbeitete Fachpersonal. Aber was sollte im Blut denn gemessen werden? Der Alkoholgehalt? Ich lachte innerlich.

Und ärgerte mich dann, dass ich den flotten Spruch Monika Engel nicht gleich entgegengeschleudert hatte. Jetzt war's zu spät.

Sie kippte die warme Milch in eine Nuckelflasche.

»Meine kleine Schwester Magda weint vor Heimweh«, sagte sie. Die übrige Milch goss sie aus dem Topf in eine Tasse und reichte sie mir. »Hier, mein Lieber. Damit wirst du besser einschlafen.«

Als Monika die Küche verlassen hatte, ging ich zum Hängeschrank, wo jemand eine halbe Flasche braunen Schnaps stehen gelassen hatte. Ich kippte einen Schuss in die warme Milch. Gegen Heimweh.

Danach suchte ich im Langenscheidt das Wort *Rattengift*.

KAPITEL 22

Am nächsten Tag begegnete ich Monika wieder. Diesmal war auch ihr jüngerer Bruder dabei – Gregor. Nicht Grzegorz oder Grzech. Nicht verniedlichend Grzesiek oder Grzesiu. Aber auch nicht Grägor. Sondern Gregor. Mit Betonung auf dem e.

Nachdem das geklärt war, beschlossen wir, uns bei den Schraubern Fahrräder zu leihen und das Lager zu verlassen. Etwa eine Viertelstunde entfernt gab es diesen See, zu dem Gregor nicht allein hinfahren durfte.

Monikas Bruder war der ruhigste Achtjährige, den ich jemals getroffen hatte. Er saß an einer Einstiegsstelle zwischen zwei Trauerweiden, rieb nasse Weißbrotstücke wie Popel zwischen zwei Fingern zu Bällchen, spießte sie mit dem Angelhaken auf und schleuderte den weit hinaus in den See. Anfangs versammelten sich noch Enten am Ufer. Doch als sie begriffen, dass Gregor angelte, verloren sie das Interesse und zogen von dannen. Wenig später kurbelte Gregor an seiner Rute und zog einen Fisch heraus. Und kurz darauf derselbe Ablauf und der nächste Fisch.

»Scheinen ausgehungert zu sein«, rief ich ihm auf Polnisch zu.

Von Gregor keine Reaktion. Er wartete geduldig.

Irgendwann stand er auf und pulte einem dritten Fisch den Haken aus dem Maul und schmiss ihn anschließend in den Wassereimer neben sich. Dann rieb er wieder ein Weißbrotbällchen.

Meine Eltern würden sich freuen zu hören, dass ich im Lager endlich Freunde gefunden hatte, die nicht *wie Andrzej* waren. Ich spürte ein Aufwallen von Glücksgefühlen, etwas mit Nicht-Erwachsenen zu tun zu haben, auch wenn es sich um zwei ziemlich verwöhnte Kinder handelte, die ich unter normalen Umständen vermutlich nie kennengelernt hätte. Ich legte mich auf die Wiese, rupfte ein Gänseblümchen und ließ den Stiel zwischen meinen Fingern rotieren.

»Wieso angelst du eigentlich nicht?«, fragte ich Monika. »Hast du Angst, dir das Kleid schmutzig zu machen?«

»Tss.« Sie schaute gelangweilt zu ihrem Bruder und sagte laut: »Die kleinen Viecher soll ich fangen?«

Gregor juckte diese Spitze gegen ihn nicht. Stoisch angelte er weiter. Jedes Mal, wenn ich zu ihm schaute, starrte er entweder wie in Trance auf die Wasseroberfläche, oder er zog den nächsten Fisch aus dem Wasser und präparierte einen neuen Köder. Unentwegt. Gnadenlos.

»Deinem Bruder scheint es Spaß zu machen.« Oder welches Gefühl auch immer unter seiner Maske steckte.

»Warst du schon mal in Masuren?«, fragte Monika. »Da schwimmen Fische, die sind doppelt so groß.«

Ich steckte mir das Gänseblümchen wie Hübner seine Zigaretten hinters Ohr. »Nee. In Masuren war ich noch nie. Nur einmal an der Ostsee. Da hat es eine Woche lang geregnet.«

»Wir fahren jeden Sommer nach Masuren, nach Kosewo. Angeln, Blaubeeren sammeln, schwimmen oder mit dem Ruderboot über den Probarskie-See.«

»Auch diesen Sommer?«

Monika pflückte das Gänseblümchen hinter meinem Ohr und schnippte es mir ins Gesicht.

Nicht weit vom Ufer entfernt stand ein gedrungener Apfelbaum, dessen Äste voller Früchte hingen und unter der Last fast den Boden berührten. Über das gammlige durchlöcherte Fallobst auf der Wiese machten sich Wespen und Ameisen her. Typisch Stadtkind, riss Monika sich einen noch nicht ganz reifen Apfel ab und begann, mit ihrem polierten Taschenmesser die – laut Oma Agnieszka – so nährstoffreiche Schale wegzuschneiden.

Der See lag außerhalb jeglicher Wohngebiete. Nur ein einzelner Bungalow befand sich in der Nähe. Drum herum gab es weder Hecken noch Zäune, das Haus ragte wie eine verirrte Sonnenblume aus der Wiese.

»In so einem Haus würde ich gerne mal leben«, sagte ich.

Ich stellte mir vor, wie Mutter auf der Veranda entspannt im Liegestuhl ein Buch lesen, Vater mit Sonnenbrille und Hawaii-Hemd hinterm Grill stehen und Bier auf die Steaks schütten würde, dass es nur so dampfte. Wie Oma Agnieszka uns besuchte, und in dieser Vorstellung sitzt sie auch mit auf der

Veranda, hat ihre krummen Beine auf einen Hocker gelegt und begutachtet skeptisch Vaters Zwergenkolonie im Garten.

Monika schob ihre Brille den Nasenrücken hoch. »Ziemlich kleine Hütte«, sagte sie. »Und die Kratzputzfassade, hässlich wie die Nacht.« Sie halbierte den unreifen, geschälten Apfel, spießte eine Hälfte auf und streckte sie mir hin. Ich lehnte ab.

»Ich bin schon zufrieden, wenn ich wieder ein eigenes Zimmer habe.«

Monika biss in die Apfelhälfte und verzog das Gesicht. »Das da ...« Sie spuckte das Apfelstück aus. »Das Haus da sieht aus wie ein verschimmelter Schuhkarton. Unser Haus in Bromberg war ein richtiges Haus ... *Ist* ein richtiges Haus.«

»Hast du etwa Heimweh?«

Sie warf das andere ungenießbare Apfelstück achtlos auf die Wiese. »Wovon quatschst du da?«

»Du redest ständig davon, wie schön es in Polen ist.«

»Du warst ja noch nie in Masuren.«

»Zum Schwimmen und Blaubeerensammeln muss ich nicht nach Masuren.«

»Das kannst du nur sagen, weil du nicht weißt, wovon du redest.«

»So wie du von der Blutuntersuchung.«

Monika überlegte einen Augenblick. »Als Minderjähriger musst du wahrscheinlich nur ein deutsches Volkslied singen. Und dann noch ein paar Fragen beantworten.«

»Ich frage mich vor allem eins«, sagte ich, »wenn deine Familie tatsächlich so wohlhabend ist, wie du behauptest, warum seid ihr dann mit einem stinknormalen Reisebus und nicht mit eurem eigenen Auto nach Deutschland gekommen?«

Natürlich hatte Monika auch darauf eine plausibel klingende Antwort. »Wegen des vielen Gepäcks, du Depp.«

KAPITEL 23

Ich hatte mich von Monika und Gregor losgerissen und war allein am Ufer entlangspaziert. In den Gebüschen ausgeblichene Getränkedosen und zerfetztes Klopapier. Ich schlug einen Bogen und schlich auf die Rückseite des Bungalows. Sämtliche Jalousien waren nur halb heruntergelassen. Das Erste, was mir ins Auge stach, war der frei stehende Swimmingpool. Im *Quelle*-Katalog hatte ich ein ähnliches Modell gesehen und war erstaunt, wie klein das Becken in Wirklichkeit ausfiel. Als ich so im Garten stand, musste ich an Elwira denken, die aus meiner Hand ein Haus mit Pool gelesen hatte.

Da war es.

Als wäre das tatsächlich alles meins, spazierte ich quer durch den Garten zum Pool. Das Becken war so gut wie leer und in einem miserablen Zustand. Darin gebadet hatten zuletzt höchstens Enten, wenn sie vom See rübergeflogen waren. Die Leiter war gebrochen, auf dem Beckenboden hatte sich Regenwasser gesammelt. Getrocknete Dreckschichten am Poolrand erzählten davon, wie hoch der Pegel einmal gestanden hatte. In der Pfütze am Grund schlängelten sich dunkle Würmchen. Mückenlarven. Überhaupt war das gesamte Grundstück in schlimmem Zustand. Die Beete zerfurcht, was Rasen gewesen war, war nun hauptsächlich harte, bröcklige Erde, eine hingeworfene Europalette wurde von Ranken und Löwenzahn verschlungen. Daneben eine schief stehende Wäschespinne wie eine nutzlose Vogelscheuche.

Ich ging zurück bis zum Haus und bückte mich, um unter den Fensterläden hindurchzuspähen. Hinter einem Fenster konnte ich eine nussbraune Einbauküche erkennen. Einfach, um es mal auszuprobieren, drückte ich auf die Klinke der danebenliegenden Tür. Und tatsächlich, sie sprang auf.

Schnell zog ich die Hand wieder weg, als hätte ich einen Stromschlag abbekommen.

Ich schaute mich um.

»Das gibt's doch gar nicht«, flüsterte ich zu mir selbst.

Wie hätte Andrzej in so einer Situation reagiert? Erstens, Sobota, ein cleverer Einbrecher bleibt cool, hätte er mich beruhigt. Zweitens, Situation bewerten. Unabgeschlossene Tür – kann da von Einbruch überhaupt die Rede sein? Drittens – und das unterscheidet den cleveren Gentleman-Gangster vom gewöhnlichen Kriminellen – Plan machen, wie du dich rauswieseln kannst, falls was schiefläuft.

Also gut. Zurück zu Punkt eins. Cool bleiben.

Während ich nachdachte, stand Monika auf einmal hinter mir auf der Wiese. Ich signalisierte ihr, näher zu kommen, und deutete auf die Tür.

»Die steht offen!«, rief ich ihr zu.

Sie kam tatsächlich näher und schob ihre Brille hoch.

»Ich kann Gregor nicht allein lassen.«

»Die Tür steht offen«, wiederholte ich. »Vom Bungalow.«

»Meine Eltern rasten aus, wenn Gregor was geschieht.«

»Er kann doch schwimmen?«

»Ja.«

»Also, was soll passieren? Dass keine Fische mehr in seinen Eimer passen?«

»Haha.«

»Im schlimmsten Fall ist es verboten, dort zu angeln. Aber ...«

Monika wollte auf der Ferse kehrtmachen.

»Komm schon«, versuchte ich, sie aufzuhalten. »Du stehst Schmiere. Und ich bin in fünf Minuten zurück.« Genau so etwas hätte Andrzej auch gesagt. Ich grinste vor Stolz und schob ein »Bitte« hinterher.

Monika stemmte die Hände wieder in ihre Hüften und drehte sich zurück zu mir. »Bist du bescheuert, da einzusteigen?«

Und so was hätte ich Andrzej dann vermutlich auch geantwortet. Aber davon wusste Monika ja nichts.

»Wenn die Tür abgeschlossen wäre, dann wäre es Einbruch. Aber wie du siehst ...« Ich schob die Tür weiter auf. »So ist es, wie durch ein Möbelhaus zu bummeln.«

»Und niemand ist zu Hause?«

»Niemand zu sehen, keine Geräusche. Die haben einfach vergessen, die Tür abzuschließen.«

Monika zupfte an ihrem Kleid. »Würde mich nicht wundern, wenn eine Leiche im Haus liegt, so verwahrlost, wie der Garten ist.«

»Die haben sogar einen Pool.«

»Wahrscheinlich schwimmt die Leiche da drin.«

»Hast wohl noch nie 'ne Leiche gesehen.«

»Tu nicht so lässig!« Sie reckte den Kopf zur Seite, aber Gregor und das Seeufer waren von hier aus nicht mehr auszumachen.

»Hast du so was schon mal getan? Irgendwo einsteigen, meine ich.«

»Ständig. Du nicht?«, haute ich weiter auf die Kacke.

Monikas Augen verengten sich. »Das ist kein Eierdiebstahl, Jarek. Wenn du erwischt wirst, kannst du gleich die Koffer packen und zurück nach Polen fahren. Ist dir das klar?«

»Aber ich will doch gar nichts mitgehen lassen, nur das Haus von innen ansehen«, versicherte ich ihr. »Falls doch wer kommen sollte, kannst du ja an der Jalousie rütteln, und ich flitze raus. Okay?«

Monika nahm die Brille ab und putzte die Gläser mit einer Rockspitze. Die Haut um ihre mandelbraunen Augen war blass, winzige Schweißperlen bildeten sich auf der weichen, leicht geröteten Haut über ihren markanten Wangenknochen.

»Beeil dich, bevor Gregor uns sucht.«

Die Küche wirkte piefig. Eine Eckbank, Tisch und Stühle, alle Möbel in Haselnussbraun, ebenso Regale und Arbeitsplatte. Sogar die Mikrowelle war braun. Im Vergleich zum Garten war es hier aber aufgeräumt, was mich komischerweise noch sicherer machte, dass die Besitzer fort waren.

Ich steuerte durch den Flur geradewegs das

Wohnzimmer an. In einer Ecke befand sich ein Kamin, und auf der Steinbordüre waren Zinnfiguren aufgestellt. Die Deckenlampe war mit einem dieser Propellerventilatoren ausgestattet, wie man sie in Raucherbereichen fand. Das hier war aber kein Raucherhaushalt. Vielmehr hing ein schwerer Ledergeruch von der breiten Sitzgarnitur im Raum. In einer Ecke befand sich eine Hi-Fi-Stereoanlage mit doppeltem Kassettendeck, sodass man auch von Kassette auf Kassette überspielen konnte, CD-Player, Radio natürlich und ganz oben ein Plattenspieler. Zur Anlage gehörten meterhohe Boxen in dunkler Holzverkleidung und ein voller CD-Turm. Da in der Gegend weit und breit kein anderes Haus stand, konnte man hier sicherlich ausschweifende Partys feiern. Das Herzstück des Raums aber war eine mehrteilige Einbauwand. Und in der Mitte prangte eine Vitrine. Hinter den Scheiben standen allerlei Biergläser mit bunten Motiven, ein Fach darunter Weingläser und Cognacschwenker und eine aufgeklappte Taschenuhr. Links an die Vitrine schloss ein Bücherregal an, rechts die Bar. Ich schraubte die Verschlüsse verschiedener Flaschen auf und schnupperte an den Bränden. Mit einem Schuss *Chantré* im Schwenker setzte ich meine Besichtigung fort. Das letzte Stück der Anbauwand waren die Flügeltüren, hinter denen Fernseher und Videorekorder verborgen waren. Beide schon in die Jahre gekommen, kein Vergleich zu den neuesten Angeboten im *Quelle*-Katalog.

Plötzlich hörte ich die Jalousien wackeln. Ich hechtete in die Küche. Monika war hereingeschlüpft.

»Ich konnte nicht länger draußen warten. So etwas Hässliches wie diese Eckbank musste ich mir von Nahem ansehen«, sagte sie und lachte. »So sieht also dein Traumhaus aus?«

Ich nippte an meinem Glas und ließ sie reden. Im Flur fand ich ein Cordjackett, das mir einige Nummern zu groß war, aber hervorragend zum Cognacschwenker passte. Als Hausherr verkleidet, kehrte ich ins Wohnzimmer zurück, wo Monika die Regale studierte. Sie zog Bücher heraus, blätterte darin, schob sie wieder an ihren Platz und nahm sich das nächste Exemplar vor. Sie trat einen Schritt zurück. Sie drückte ihre Brille den Nasenrücken hoch und sagte: »Farben.«

»Hä?«

»Schau doch mal. Die Bücher sind nicht einfach wahllos ins Regal gestellt, sie wurden sortiert. Nach den Farben der Buchrücken.«

»Ach so, das meinst du«, scherzte ich glasschwenkend und mit geschwollener Stimme. »Mir war einfach danach, weißt du? Ist ganz normal in meinen Kreisen, die Bücher zu sortieren. Nach *Farben*.«

Monika registrierte meine Aufmachung und rang sich ein Lächeln ab. »In den Bücherregalen meines Vaters kannst du eine eigene literaturhistorische Erzählung lesen. Er hat seine Bibliothek nämlich nach dem Prinzip der guten Nachbarschaft geordnet.« Sie wartete erst gar nicht, dass ich nachfragte, was damit gemeint sei. »Das heißt, zwischen nebeneinanderstehenden Werken muss eine Beziehung bestehen, inhaltlich oder weil die Autoren einander kannten. Oder weil ...«

Bücherregale, Prinzip der guten Nachbarschaft, Literaturgeschichte. Neben Monika Engel kam ich mir vor wie ein Dorftrottel. Die einzigen zwei Bücher, die bei uns regelmäßig aufgeklappt wurden, hießen Bibel und Sparbuch. Und die Bibel vor allem, weil darin so prima vierblättrige Kleeblätter gepresst werden konnten. Meine ausgedienten Schulbücher hatte ich in den Sommerferien an jemanden aus der Klasse unter mir verkauft. Um an andere Bücher zu kommen, musste man nach Strzelce fahren und dort die Bücherei oder Buchhandlung aufsuchen.

Ich öffnete nochmals die Bar und schenkte mir nach. »Willst du auch einen Drink?«

Monika winkte ab. »Eine muss nüchtern bleiben.«

Ich setzte mich auf die Ledercouch, legte das Sakko ab, schaltete den Fernseher an und zappte durch die Kanäle. Ich griff die nächste Fernbedienung und schaltete den Videorekorder ein. Eine VHS war schon im Schlitz, also drückte ich *Play*. Amateuraufnahmen wackelten über die Mattscheibe wie bei *Bitte lächeln*. Im Bildrand verzerrt das Datum, an dem das Video aufgenommen worden war. Die Aufnahme war etwa ein Jahr alt. Ich brauchte einige Momente, um zu verstehen, dass die Kamera eine Mikrowelle filmte. Das Mikrowellenlicht war die einzige Lichtquelle, und zunächst passierte nichts weiter. Wäre es ein Mitschnitt von *Bitte lächeln* gewesen, hätte bizarr-lustige Benny-Hill-Musik im Hintergrund laufen müssen. Monika setzte sich auf den Ledersessel und schaute auch auf den Fernseher. Es waren Stimmen zu hören, Lachen, und jemand kam mit einem Eimer ins Bild. Er griff mit beiden Händen in den Eimer, hob einen langen, zappelnden Fisch heraus und schleuderte ihn ins offene Mikrowellengehäuse. Er schlug die Tür schnell zu, drehte am Rädchen und verschwand jauchzend aus dem Bild. Durch die geschlossene Scheibe wurde das Licht noch schwächer, die Kamera zoomte heran. Das Gerät brummte, der Fisch wurde auf einem Teller gedreht und schlug dabei mit der Schwanzflosse immer wieder gegen Gehäuse und Fenster. Die Person hinter der Kamera ging noch näher heran, klopfte an die Scheibe und begann zu singen. »*Heißer Sand und ein verlooooooooorenes Land und ein Leeeeeeeben in Gefahr.*«

»Das ist doch in der Küche da drüben«, sagte Monika. »Die kackbraune Mikrowelle.«

»*Heißer Sand und die Erinnnnneruuuung daran, dass es einmal schöner waaaaar.*«

Dann war ein dumpfer Knall zu hören. Das trübe Licht in der Mikrowelle war immer noch an, der Motor brummte weiter. Aber der Fisch zappelte nicht mehr. Die Kamera zoomte heraus. Johlend kam ein Mann ins Bild, stellte die Mikrowelle aus und öffnete die Tür. Den Fisch hatte es wie einen Böller zerfetzt.

Als wir wieder bei Gregor ankamen, schien es, als habe der sich in der ganzen Zeit nicht einen Zentimeter bewegt.

»Beeil dich, wir müssen los«, drängte ihn Monika, zückte ihr Taschenmesser und schnitt die Angelschnur durch.

Gregor nahm das zwar gleichmütig hin, auch dass

wir so plötzlich und bedingungslos aufbrechen wollten, ließ sich allerdings beim Zusammenlegen seiner Ausrüstung wieder alle Zeit der Welt.

Ungeduldig tippelte Monika von einem Fuß auf den anderen, als wollte sie ein Feuer austreten. Sie nahm den Eimer, und mit dem Wasser schleuderte sie sämtliche Fische in hohem Bogen zurück in den See.

»Nächsten Sommer fahren wir wieder nach Masuren!«

KAPITEL 24

Wir fuhren nie wieder raus an den See, auch wenn Gregor jeden Tag darum bettelte. Seine Schwester blieb hart. Monika und ich dagegen verließen das Lager so oft wie möglich, um die Umgebung zu erkunden. Eines Tages kamen wir auf einen großen Spielplatz, auf dem eine Gruppe Jugendlicher Basketball spielte. Wir setzten uns auf die Tischtennisplatte am Spielfeldrand und schauten zu. Als die Partie zu Ende gespielt war, kam die 32, *Magic Johnson* in seinem gelben *Lakers*-Trikot zu uns und fragte, ob wir Lust hätten, mitzumachen.

Unser Spiel lief schon eine ganze Weile, als sich rund um die Tischtennisplatte immer mehr Teenager versammelten, ein oder zwei Jahre älter als wir. Sie rauchten und knutschten, ließen Kaugummiblasen platzen, klauten sich gegenseitig die Caps, und manchmal lachten sie übertrieben laut. Wenn jemand den Ball festhielt und zu ihnen hinschaute, versteinerten ihre Mienen, worüber sie noch mehr lachen mussten.

Ich ließ mich von dem Gegacker nicht weiter ablenken. Je länger das Match dauerte, desto leichtfüßiger spielte ich, und desto mehr gelang mir. Pässe, Korbleger, sogar Dreierwürfe. Und meine Mitspieler streckten die Daumen nach oben und lobten mich, weil wir als Team immer besser wurden.

Doch dann flog der Ball weit ins Seitenaus. Ich hob die Hand, um anzuzeigen, dass ich ihn holen würde. Ich war vom Platz gejoggt und hielt den Ball schon in den Händen, als ein Mädchen von der Tischtennisplatte sprang und mir den Weg versperrte. Ich wollte rechts an ihr vorbei, sie stellte sich dorthin. Ich wollte links an ihr vorbei, dasselbe Spiel. Wollte sie mir zeigen, wie gut sie Manndeckung beherrschte? Ich lachte sie freundlich an und versuchte ein weiteres Mal, an ihr vorbeizukommen. Sie aber stellte sich mir noch einmal in den Weg. Und spuckte aus. Und da erst erkannte ich sie wieder. Sie hatte im Kiosk hinter mir gestanden, damals noch blondiert. Jetzt trug sie die Haare rot gefärbt, mit schwarzem Ansatz und zu einem Bob geschnitten. Aber sie war es. Eindeutig.

Sie schlug mit der Faust auf den Ball. Der sprang mir aus den Händen. Ich wollte ihn greifen, aber sofort schnappte einer ihrer Kumpels sich den Basketball und schoss ihn bis zum Klettergerüst.

»Ey«, sagte ich.

»Ey? Was, ey?«

Was sollte ich darauf antworten? Ey, hol den Ball, bring ihn her, dann entschuldige dich für die Frechheit, und wir sind quitt, hatte ich noch nicht gelernt. Also streckte ich die Hände von mir in der Hoffnung, es wäre die international verständliche Geste für: Was soll der Mist?

Hinter ihr bäumten sich ihre halbstarken Freunde auf.

Sie wies mit Zeige- und Mittelfinger auf ihre Augen, dann auf meine.

Hä?

Sie sagte etwas. Aber ich verstand nur: »Polacke.«

Sie tat, als würde sie ein unsichtbares Lasso schwingen.

Da fiel der Groschen. Sie hatte mitbekommen, wie ich die wertlosen Flaschen gegen den Container geschleudert und danach wie der Teufel in die Pedale getreten hatte, ohne mich noch einmal umzublicken.

An ihren Ohrläppchen baumelten Kreolen, und ihre Augen standen seltsam weit auseinander. Sie kam mir so nah, ich hätte ihre Sommersprossen zählen können. Ich konnte sogar das deutsche Pulver riechen, mit dem ihr *Guns-N'-Roses*-Shirt gewaschen war.

»Nix verstehen?« Sie schlug mir ihre Handflächen vor die Brust.

Ich stolperte rückwärts.

»Nix verstehen?«

Was sollte ich sagen?

Sie klappte eine Ohrmuschel vor. »Polacke nix verstehen?«

Doch.

»Polacke in Deutschland sein«, sagte sie und rotzte auf den Boden, »Polacke alles vollmüllen. Aber nix verstehen.«

Ich verstand genug. Ich würde stattdessen den Basketball holen und nicht mal mehr in Richtung Tischtennisplatte ausatmen. Aber als ich mich von der Anführerin wegdrehte, um loszurennen, hatten sich drei ihrer Lakaien schon im Halbkreis um mich postiert. Den Basketball selbst holen war also auch nicht drin. Der Rest der Bande grölte voller Vorfreude. Zigaretten wurden angezündet, Hände abgeklatscht.

Ich schaute aufs Spielfeld, wo die anderen darauf warteten, dass ich mit dem Ball zurückkäme. Die rothaarige Anführerin zeigte vehement auf den Boden. Ich schaute hin. Volltreffer. Ihr Rotz hatte meine Schuhspitze getroffen.

»Runter mit dir«, sagte sie mit gefletschten Zähnen.

Einer der Bewacher trat mir in die Kniekehlen. »Nix verstehen, du Wichser?«

Meine Knie sackten auf die Betonplatten. Ich spürte, wie die Haut aufriss. Wie zum Gebet kniete ich vor ihr. Sie grinste zufrieden. Die Gang lachte gehässig.

»Hey!«, brüllte es aus Richtung Basketballfeld. Endlich hatte Monika mitbekommen, was los war.

Und sie kam mir zu Hilfe, während der weiße Magic Johnson in seinem schicken Trikot und seine Freunde sich aus dem Staub machten. Monika redete lange und schnell auf Deutsch auf die Anführerin ein. Wie sie mir später erzählte, behauptete sie großspurig, die Vereinigung von BRD und DDR sei nur der Anfang der Geschichte. Sie streckte ihre Finger zum Zählen aus. »Pommern, Ostpreußen, die Provinzen Westpreußen und Posen, das Sudetenland und selbstverständlich auch Schlesien werden folgen, wenn das eine Wiedervereinigung im wahrsten Sinne des Wortes werden soll.«

Das war alles so dermaßen irre, aber als Monika redete und gestikulierte, blieben alle ruhig, und ich dachte, sie gewinnt auch dieses Match.

»Theo Waigel –«, redete Monika weiter.

»Wer?«, fragte die Anführerin.

»Der amtierende Finanzminister?« Sie wartete noch eine Nachfrage ab. Es kam keine. »Der jedenfalls hat auf dem Schlesiertreffen davon gesprochen, Schlesien sei siebzehntes Bundesland. Verstehst du? *Das* bedeutet Wiedervereinigung.«

Die Anführerin hörte gelangweilt zu, während Monika ihre großdeutsche Fantasie in aller Ausführlichkeit auswalzte, auf mich zeigte und ihr Kurzreferat mit den Worten abschloss: »Und er gehört deshalb genauso zu Deutschland.«

Immerhin verstand ich *Deutschland* und *Schlesien* und reimte mir einiges zusammen. Zur Bekräftigung drückte ich einen Daumen auf meine Brust und sagte: »Oberschlesien.«

»Schnauze.« Ein Deutscher, der kein Wort Deutsch verstand? Das kam der Rothaarigen lächerlich vor. Sie nahm den letzten Zug von ihrer Zigarette und schnippte den brennenden Filter auf mich.

Monika konnte die Welt nicht mehr verstehen. Sie hatte ihr doch gerade die historischen Zusammenhänge in aller Kürze und notwendigen Einfachheit erklärt.

»Das ist unser Platz. Kapiert?« Die Anführerin schleuderte mir eine Hand ins Gesicht. »Kapiert?« Und dann die Rückhand.

Tränen schossen mir in die Augen. Ich senkte den Kopf. Die Tischtennisplatte imitierte Babyschluchzer, gefolgt von grölendem Lachen.

»Kapiert, Polacke?«

Ich nickte. »Ja ...« Ich hatte verstanden. Unmissverständlich.

Sie zog mich am Schopf. Ich sollte sie anschauen. »Du verpisst dich von hier«, sie strich sich mit dem Zeigefinger über die Kehle, »sonst –«

»Stech ich euch ab!«, beendete Monika ihren Satz. Sie hatte die längste Klinge ihres Taschenmessers ausgeklappt und stocherte damit in alle Richtungen.

Und tatsächlich wich die Anführerin zurück. Alle wichen zurück. Fluchten, hielten die Hände schützend vor ihre Gesichter.

»SONST STECHE ICH EUCH ALLE AB!«, schrie Monika noch einmal laut über den Spielplatz. »KAPIERT? HABT IHR GEISTESKRANKEN SCHWEINE DAS KAPIERT?«

Die Rothaarige sagte noch irgendwas mit *Anzeige*, ergriff dann aber endgültig die Flucht.

Ich schwor, von nun an würde ich immer behaupten, Deutscher zu sein. Wenn jemand fragen sollte, woher ich komme, würde ich *Groß Strehlitz* antworten, nicht Strzelce und schon gar nicht Salesche. Groß Strehlitz, würde ich behaupten, liege in Brandenburg. Ein Dorf in den neuen Bundesländern. Und ich würde diese verdammte deutsche Sprache lernen. Sie beherrschen. Meinen Akzent ausmerzen. Sodass niemand mehr heraushören würde, dass ich von jenseits der Grenze kam.

Und ich würde nur noch ein letztes Mal aus den Lagerschranken heraustreten, nämlich, um ein für alle Mal aus Unna-Massen zu verschwinden.

KAPITEL 25

Mittlerweile wirkte das Lager auf mich mehr wie ein Festivalgelände. Die viertausend Betten waren restlos belegt. Tagsüber warteten die neu eingetroffenen Leute auf ihren Koffern vor den Verwaltungsbüros. Nachts schliefen sie auf den Rasenflächen. Es hieß, das THW würde schon bald Bundeswehrzelte aufstellen. Pinke Aufkleber hingen an Regenrinnen und Fallrohren, weil im gesamten Lager Rattengift auslag.

Es war ein warmer Abend, Holzkohlegrills wurden befeuert, palettenweise Dosenbier herangeschleppt. Zum WM-90-Finale hatte ein Elektroniker das größte tragbare Radio, das ich jemals gesehen hatte, mitten auf die Wiese gestellt. Der Apparat sah aus wie eine zusammengelötete Stereoanlage mit Tragebügel.

Einige Kinder trugen ihr eigenes Fußballturnier aus. Immer wieder riefen sie den Erwachsenen zu, bei ihnen mitzuspielen. Manche ließen sich überzeugen und präsentierten mit Bierbüchse in der Hand das ein oder andere Kunststück am Ball. Der Kartentisch war von den Armdrückern besetzt. Auch hier wurde ein Wettbewerb ausgetragen: die Trophäe ein zwei Liter fassendes Einmachglas Dillgurken. Angestachelt von den Erinnerungen an *Over the Top*, wagte ich zwei Runden in meiner Gewichtsklasse, verlor beide und wurde kurz darauf glücklicherweise von einer Gruppe Kinder weggelotst, die Luftballons aufgetrieben hatten und Hilfe brauchten, um sie mit Wasser zu befüllen und zuzuknoten.

Am Vortag hatten die Engels einen positiven Bescheid erhalten. Sie besichtigten jetzt Wohnungen, richtige Wohnungen. Das hatte im Lager sofort die Runde gemacht.
»Hängen neuerdings Wohnungsannoncen im Glaskasten?«
»War klar, dass der Herr Ingenieur da sofort rankommt.«
»Nein, gibt keine Anzeigen im Glaskasten. Nur allgemeine Informationen für hier.«
»Ich hab Engel die letzten Tage immer mit einer Zeitung unterm Arm aus der Bäckerei kommen sehen. Wahrscheinlich hat er da was gefunden.«
»Wollen die sofort 'ne Wohnung kaufen, oder was?«
Die meisten Lagerleute waren nicht mal imstande, eine Anzeige zu entschlüsseln. Geschweige denn, eine Besichtigung eigenständig zu organisieren. Und selbst wenn sie es gekonnt hätten, hätten sie sich die Wohnung nicht leisten können.
»Seid mal leise!« Der Elektroniker drehte am Tonknopf des Radios.
»Wie steht's denn?«
»Null zu null.«
»Für wen seid ihr?«
»Deutschland selbstverständlich. Was für 'ne bekloppte Frage? Hältst du etwa zu Argentinien?«

»Diego Maradona ist außer Frage der beste Fußballer der Welt. Der trickst alle elf deutschen Spieler im Alleingang aus, sag ich euch.«

»Schade, dass wir das nicht sehen können.«

»Natürlich halt ich zu Deutschland. Ich wohne in Deutschland, ich drücke Deutschland die Daumen.«

»Bekenntnis zur deutschen Nationalmannschaft. Jawohl, Herr Kommandant!«

Die Runde lachte.

»Fußball im Radio ist doch Mist. Oder versteht ihr etwas?«

»Maradona? Tsss. Habt ihr das gehört? Maradona mit seinem Hummelkörper soll die Deutschen frisch machen?«

»Wenn ihr mal ruhig wärt, würden wir auch was mitkriegen.«

»Ein paar Männer sind in die Kneipe gegangen, um das Spiel im Fernsehen zu sehen.«

»Lass mich raten, Engel war dabei.«

»Habt ihr gesehen, wie viel ein Bier in der Kneipe kostet? Mehr als das Dreifache vom Supermarktpreis.«

»Ist aber deutsches Bier.«

»Und vom Fass.«

»Im Supermarkt gibt's dasselbe Bier.«

»Der Engel kann's sich leisten.«

»Und der feine Pinkel kann sich ja auch mit den Deutschen an der Theke unterhalten.«

»Zieht wahrscheinlich vor den neuen Kneipenkumpels über uns her.«

»Wie steht's denn jetzt?«

»Null – null. Immer noch.«

»Woher willst du das wissen? Du verstehst doch auch kein Deutsch.«

»Hör ich am Tonfall.«

»Am Tonfall willst du hören, dass Engel über uns herzieht? Hahaha. Da wett ich fünf Mark gegen.«

»Von dem Geld würd ich an deiner Stelle in die Kneipe gehen. Hast du mehr von. Außerdem ist der Harte mit seiner Frau in die Kneipe gegangen. Engel hab ich nicht bei ihnen gesehen. Ich weiß nicht, wie der wirklich heißt, alle nennen ihn den Harten. Wisst ihr, wen ich meine?«

»Nein, verdammt. Am Tonfall hör ich raus, wie die Lage auf dem Spielfeld ist. Und wenn ein Tor fällt, wird der Reporter ja wohl auch hierzulande losbrüllen. Und jetzt Ruhe, ich will was vom Spiel mitkriegen.«

»Engel muss ja Geld wie Heu haben, wenn er als Allererstes 'ne Hütte in Deutschland kauft.«

»Ach, was, 'n Studierter kriegt Kredite doch hinterhergeworfen.«

»Der Harte? Glaub ich nicht. Der ist doch einer von den Armdrückern.«

»Na und? Kannst du dir nichts Feineres vorstellen, als nach Deutschland zu kommen und direkt auf einem Haufen Schulden zu sitzen?«

»*Kurwa mać!* Geht woandershin, wenn euch das Finale am Arsch vorbeigeht.«

Der Pfarrer der St.-Hedwig-Gemeinde spazierte durch die Siedlung. Abends tat er das öfter. Aber an diesem Abend kam er zu uns auf die Wiese und bat um Aufmerksamkeit. Wie der Papst beherrschte auch der Pfarrer mehrere Sprachen. Und sein Polnisch reichte aus, um zu verkünden, dass er als Zeichen der Nächstenliebe seine Kirche für die Ankommenden als Schlafstätte zur Verfügung stellen werde. Ein Jubel ging durch die Reihen wie sonst nur bei einem verwandelten Elfer von Andy Brehme. Dem Pfarrer wurde auf die Schulter geklopft, die Hand geschüttelt, die Menschen bekreuzigten sich, falteten ihre Hände und dankten ihm, Gott oder wem auch immer. Halleluja. Manche nahmen sofort ihr Gepäck in die Hand und wichen dem Pfarrer nicht mehr von der Seite.

Ich nutzte den Trubel, um mir zwei Bierdosen zu greifen und sie vorne in meinem Hosenbund verschwinden zu lassen. Dann zog ich mich aus der Menge raus und ging zum Zimmerfenster der Engels.

»Monika!«, rief ich.

Das Fenster wurde geöffnet.

»Oh, guten Abend, Frau Engel.« Um die Bierdosenbeule in meiner Hose zu verdecken, legte ich blitzschnell die Hände im Schritt zusammen wie ein Kirchgänger. »Ist Monika da?«

»Sekunde«, sagte sie und war schon wieder weg.

Dann hängte Monika sich ins Fenster und schob ihre Brille hoch.

»Wie liefen die Besichtigungen?«

Sie drehte sich um, sprach mit jemandem im Zimmer und rief mir zu, dass wir uns besser unten treffen sollten.

Draußen erzählte sie dann ganz aufgeregt: »In Werne gibt es ein katholisches Gymnasium. In ganz Westfalen genießt die Schule einen hervorragenden

Ruf. Eine Menge erfolgreicher Leute haben da ihr Abitur gemacht. Die Namen sagen mir zwar nichts, aber es sollen wichtige Persönlichkeiten sein.«

Zwei Wasserbomben flogen über uns hinweg und zerplatzten an der Hauswand. Die Kinder liefen kichernd davon, wobei ihnen eine weitere Bombe aus der Plastiktüte rutschte und über den Fußweg hüpfte.

»Lass uns ins Maisfeld gehen«, schlug ich vor.
»Äh? Wieso das denn?«
Ich lupfte kurz den Saum meines T-Shirts.
Monika verzog das Gesicht.
»Deutsches Bier«, sagte ich.
»Karlsquell.«
»Ja. Und?«

Das Maisfeld begann hinter dem Lagergelände.
Monika schob die Kolbenstangen zur Seite.
»Und du glaubst wirklich, von deutschem Bier riecht man nicht aus dem Mund?«

Wir setzten uns auf den Feldboden, ich riss die erste Dose auf und nahm einen Schluck, als würde ich seit Jahren nichts anderes tun.

»Aber ihr seid doch Protestanten«, sagte ich und wischte mir den Mund ab. »Wegen der Schule, meine ich.«

»Es ist zwar ein katholisches Gymnasium, aber die sehen das nicht so streng mit uns. Natürlich müssen wir auch vor der ersten Stunde beten. Ist ja, trotz aller Differenzen, an denselben Gott gerichtet«, scherzte Monika.

Ich trank einen weiteren großen Schluck vom

Bier. »Das Schlimmste am deutschen Schulsystem ist, dass die Ferien hier nur schlappe sechs Wochen dauern. Im August soll der Unterricht schon losgehen. Das wird der kürzeste Sommer meines Lebens. Wie soll ich denn da die Sprache lernen?«

Darauf hatte selbst Monika keine schlaue Antwort. Sie schwieg. Schaute in den Abendhimmel. Ein Satellit blinkte uns zu, wir winkten zurück.

Monika kratzte ihre Schienbeine und Waden. Dennoch blieb sie mit mir im Maisfeld sitzen. Nach einer Weile sagte sie: »Wir ziehen schon morgen nach Werne.«

In Salesche war die Sonne zu dieser Zeit im Jahr viel früher untergetaucht. Und jedes Mal hatte mich das traurig gemacht, weil es bedeutete, dass die Ferien langsam zu Ende gingen und der Herbst bald kommen würde. Und dann der Winter und so weiter. Es war, als hätte ich sonst ausgeblendet, dass Zeit verging, dass permanent Veränderungen im Gange waren. Auch unsere gemeinsame Zeit ging also hier und jetzt zu Ende. Die Lagerzeit.

Monika stupste mich an.

»Oh, toll. Darauf sollten wir anstoßen«, sagte ich.

Sie nahm mir die volle Bierdose ab und tippte mit den Fingernägeln auf der Lasche herum. »Ich weiß nicht ...«

»Doch, doch«, redete ich mehr mir selbst ein. Deswegen waren wir hierhergekommen. Als wir von einem besseren Leben in Deutschland geträumt hatten, hatten wir doch nicht das hier gemeint. Sondern das danach. »Also, Prost! Ihr habt es geschafft.« Ich stieß meine Dose gegen ihre.

»Ihr werdet das Lager sicher auch bald verlassen«, sagte sie.

»Genau«, rülpste ich.

Sie gab mir die ungeöffnete Dose zurück. Deutsches Bier. Es schmeckte anders, aber nicht unbedingt besser. Zumindest nicht so gut, wie die Lobeshymnen auf alles Deutsche es vermuten ließen.

Trotzdem knackte ich auch die zweite Dose auf, nahm einen üppigen Schluck und schaute Monika an. Sie hatte diesen Ernst im Gesicht. Sie war bloß ein Jahr älter als ich, aber manchmal wirkte es, als würde eine steinalte, weise Seele in ihr hausen. Als wüsste sie mehr.

»Kannst du etwa in die Zukunft sehen?«

Sie kniff ein Auge zu.

»Oder aus der Hand lesen?«

»Äh, nein.« Jetzt grinste sie schief. »Glaubst du an so einen Budenzauber?«

»Ich bin Katholik!«

KAPITEL 26

Am frühen Morgen verluden die Engels ihr Gepäck in zwei Taxis und verließen das Lager Unna-Massen. Ich lief den Autos hinterher, winkte und rief Abschiedsgrüße. Ich lief so weit, bis mir die Schranke in den Bauch schlug und ich mich beinah übergeben hätte. Als die Taxis um die Ecke bogen und ich Monikas Gesicht längst nicht mehr in der Heckscheibe erkennen konnte, dachte ich an unsere Abfahrt aus Salesche. Und an Andrzej. Ich bereute jetzt, dass ich auf Monikas Abfahrt angestoßen hatte, denn ich fand es ziemlich scheiße, wieder allein zu sein.

Einige Tage darauf kam Post. Die schwere Tasche des Briefträgers krümmte dessen Haltung, weswegen ihm ständig das Toupet verrutschte und sich in seinen buschigen Augenbrauen verfing. Auch sein Mund hing schief, und er grummelte ununterbrochen vor sich hin. Die Lagerkinder hatten sich ein Spiel ausgedacht, das darin bestand, schreiend wegzulaufen, sobald der Briefträger aufs Gelände fuhr. Was dieser Mann von uns hielt, verstanden wir trotz miserabler Deutschkenntnisse. Vater sagte später mal, ihn hätte es auch kirre gemacht, wenn er jeden Tag den Leuten ihr Geld bis ans Bett hätte bringen müssen.

Diesmal klopfte der Postbote an unsere Tür. Mutter öffnete ihm, und er schnauzte sie direkt an. Unser Name auf dem Namensschild und unser Name auf dem Briefumschlag würden nicht zusammenpassen. Mutter hatte aus Gewohnheit SOBOTOWIE an die Tür geschrieben. Flüchtigkeitsfehler. Sie antwortete dem fluchenden Mann ihr altbewährtes »Ja, ja«, gut gemeint als *Danke für den freundlichen Hinweis*. Der Briefträger aber verstand vermutlich etwas anderes. Er hielt sein Haarteil fest, pfefferte den Behördenbrief aufs Bett und dampfte ab.

Da lag die ersehnte Nachricht: ein mehrseitiger Registrierschein. Unsere drei Namen standen darin und die meiner Großeltern, Stempel vom Bundesverwaltungsamt Köln, der Zahlstelle Hamm, der Landesstelle Unna-Massen und ein Stempel der Friedlandhilfe.

Meine Eltern und ich steckten die Köpfe zusammen und lasen Wort für Wort. Was da genau in den Unterlagen stand, kapierte keiner von uns. Aber im Umschlag lagen Geldscheine. 200 DM pro Kopf. Und was das bedeutete, wussten wir intuitiv. Vater steckte die Scheine sofort ein, die Übernachtungen im Lager müssten schließlich noch bezahlt werden.

Mutter drückte uns an sich. »Jetzt haben wir es wirklich geschafft.« Sie strahlte das erste Mal seit langer Zeit und küsste uns vor Freude ab. Vater hatte sich seit einiger Zeit nicht rasiert. Obwohl es für ihn im Lager herzlich wenig zu tun gab, sah er erschöpfter aus als nach einer Woche Nachtschicht im Bergwerk. Er schloss die Augen und legte zufrieden den Kopf auf Mutters Schulter.

Ich war ungern der Spielverderber, doch bevor wir uns in falscher Sicherheit wiegten, sprach ich lieber noch die Blutuntersuchung an.

Mutters Augen verengten sich. »Was erzählst du für einen Schwachsinn?«

»Im Ernst. Die zapfen uns Blut ab, und dann unterziehen sie uns so einem Idiotentest, wo wir jedes Mal antworten müssen, dass wir uns tief in unseren Herzen als Deutsche fühlen, oder wir müssen wahlweise ein deutsches Volkslied trällern.«

»Wie bitte?« Vater schien seine Vaterschaft anzuzweifeln.

»Hat mir Monika Engel so erklärt.«

Jetzt brach Mutter in Lachen aus. »Das hast du ihr doch nicht etwa abgekauft?«

Und natürlich gab es keine Blutuntersuchung, kein Vorsingen, keine germanischen Zeremonien, um das deutsche Volkstum zu beschwören. Wie Omas Einladung war auch das Bekenntnis eine reine Formalie. Wie das Jawort am Traualtar oder die Kriegsdienstverweigerung aus Gewissensproblemen. Monika hatte mir, sehr glaubhaft, einen Scheiß erzählt. Auch die Engels hatten ihren deutschen Namen lediglich, weil ein Urururgroßvater bereits so hieß und der Nachname väterlicherseits dominant vererbt wurde.

Und trotzdem: Obwohl Mutter glaubte, die Deutschen hätten etwas wiedergutzumachen und würden uns deshalb in ihrem Land leben lassen, verfingen auch bei ihr die Zweifel. Bis heute bewahrt sie unsere Papiere, die wir damals zusammentragen mussten, sorgsam auf. »Du weißt nie«, lautet ihre knappe Aussage zu dem Thema. Du weißt nie, was noch passiert.

Vaters Augen flitzten abermals über die Schreiben. Er schnaufte, dann warf er die dreifach geknickten, abgestempelten Blätter auf den Briefumschlag. »Die haben mir mein Z geklaut.«

»Was wurde dir geklaut?«

»Hier. Schau dir das an.« Er nahm den Registrierschein auf und drückte ihn Mutter in die Hand. »Hier steht's.«

Sie legte den Schein zurück auf die Tischplatte, denn natürlich hatte sie den auch gelesen. Mehrmals. »Das haben die doch nur gemacht, damit dein Name deutscher klingt.«

»Als ob Deutsche kein *sch* aussprechen könnten. Jedes fünfte Wort bei denen ist Scheiße. Oder Arschloch.« So viel hatte er dann doch vom Briefträger gelernt. »Dann hört es allerdings auf. Nicht mal ordentlich fluchen können die hier.«

»Klingt trotzdem deutsch«, sagte Mutter.

»Arkadius?« Vater schlang die Arme um seinen Oberkörper, als sei ihm kalt. »Arkadius klingt doch genauso nicht deutsch wie Arkadiusz.«

»Na also. Wo ist dann das Problem?«

»In meinen Dokumenten wird ab jetzt immer das Z in meinem Namen fehlen. Genauso gut könnten die meinen Namen in Ruhe lassen.«

»Willst du keine deutsche Staatsbürgerschaft?«

»Doch, natürlich.«

»Bitte.«

»Aber nicht unter falschem Namen, *Kochanie*.« Immer wenn er Mutter Liebling nannte, fühlte Vater sich in die Enge gedrängt. »Wer heißt denn in Deutschland *Arkadius*? – Nur Polen.«

Dabei konnte Vater froh sein. Sein Name war nur eingedeutscht worden oder wie auch immer dieser Vorgang genannt wurde. Was sollte ich sagen?

»Ich heiße jetzt *Jaroslaw*.«

»Fang du bitte nicht auch noch an.«

»Jaroslaw klingt eher russisch«, dachte ich laut. »Wie Stanislaw anstatt Stanisław.« Wieso bekam ich keinen deutsch klingenden Namen reingedrückt? Jan, Jakob, irgendetwas in der Richtung. Besser als so ein entlarvendes *Jaroslaw*. »An was haben die meinen Namen denn angepasst?«

»Wenigstens haben sie dir keinen Buchstaben geklaut, Junge.« Vater schüttelte ungläubig den Kopf. »Arkadius ... ist das zu fassen?«

»Sei ein guter Katholik und bring ein Opfer«, sagte Mutter. Wem auch immer das galt. Vater oder mir oder uns beiden?

Unsere tschechischen Zimmergenossen beobachteten vom Bett aus skeptisch, was sich bei uns abspielte.

»Arkadius. Nennst du mich ab jetzt so?«

»Ach du großer Gott«, sagte Mutter mit gespieltem Entsetzen. »Ich heiße jetzt offiziell *Hedwig*.«

»Das ist was anderes.«

»Bitte?«

»Das ist was ganz anderes.«

»Offensichtlich. Aus Jadwiga wird Hedwig. Das ist wirklich was ganz anderes, als ein belangloses Z aus seinem Namen gestrichen zu bekommen.«

»Es ist nicht nur ein Buchstabe ...«

Mittlerweile musste sich das Paar fragen, was in uns gefahren war. Sie murmelten einander etwas zu. Ihr Sohn schien etwas Polnisch zu verstehen, so konzentriert, wie er uns zuhörte. Die alte Frau riss immer weiter die Augen auf, ihr Sohn zuckte stumm mit den Schultern. Sie stand auf, reichte meiner Mutter die Hand, legte die andere auf ihre Schulter und sprach ihr Mitgefühl aus. Mutter versicherte, alles sei in Ordnung, wir dürften bleiben. Und jetzt tauschten die drei noch verwirrtere Blicke aus.

»Dafür ist *Hedwig* ein richtiger deutscher Name. *Arkadius* ist nicht Fisch, nicht Fleisch, sondern einfach nur verstümmelt«, meldete sich Vater zurück. »Es geht hier um unsere Wurzeln.«

»Wir haben deutsche Wurzeln«, sagte ich.

Beide verstummten.

»Wir kommen aus *Groß Strehlitz*«, sagte ich.

»Das haben wir jetzt sogar schriftlich.«

Mutter zeigte auf mich. »Dein Junge hat's begriffen.«

»Ja ...«, wand sich Vater. »Nein ... Das ist doch Gehirnwäsche.«

»Das ist ...« Mutter nahm die offiziellen Papiere wieder in die Hand und hielt sie ihrem schmollenden Mann unter die Nase. »Das hier ist mehr wert als unser Visum oder die Einladung deiner Mutter. Das ist mehr wert als alles Geld, das wir gespart haben.«

Vater presste den Zeigefinger auf die Lippen.

Als wir den ersten Grenzübertritt unseres Lebens gemeistert hatten, hatte Vater sein Glück kaum zu fassen gewusst. Jetzt fiel es ihm schwer, auch nur ansatzweise die Tragweite dieser Papiere zu erkennen.

»Vor allem ist das mehr wert als ein banaler Name, Arkadiusz Sobota.«

Wir würden Deutsche werden.

KAPITEL 27

Am Ende des Sommers waren auch wir nach Werne gezogen. Zuerst in eine Turnhalle, später an den äußersten Kleinstadtrand. Umgeben von einer Werkstatt, einem abgezäunten Gelände, auf dem Baustoffe lagerten, und einem Großbetrieb, der Flachdächer produzierte und in die Welt verkaufte, stand unscheinbar ein ebenerdiges, in die Breite gehendes Haus. Meine Eltern hatten darin eine sogenannte *Notwohnung* angemietet. Aber der Begriff war insofern irreführend, als dass es sich weniger um eine Wohnung handelte als vielmehr um ein *möbliertes Zimmer* – für stolze 400 DM im Monat; nirgends sonst in der Umgebung waren die Quadratmeterpreise so hoch. In diesem möblierten Raum standen zwei Etagenbetten aus Holz und ein Schrank. Esstisch, Stühle, Kommode und Fernseher hatten wir auf nächtlichen Sperrmülltouren gesammelt. In den restlichen Ein-Zimmer-Notwohnungen lebten fünf weitere Familien aus Polen und Rumänien, und mit ihnen teilten wir uns Gemeinschaftsküche und zwei Bäder.

Hier in Werne stellte sich so etwas wie Alltag ein. Vater hatte Arbeit gefunden, Mutter bekam Sozialhilfe und besuchte die Volkshochschule, ich, nach einem Blackout in der Eignungsprüfung, die Hauptschule. Tage und Wochen vergingen, es wurde kühler, es wurde Herbst. Anfangs schön, als Sonnenstrahlen wie goldene Schwerter die Wolken zerschnitten, später hässlich, trüb und grau. Die Zeit preschte voran wie Emil Zátopek, ohne dass wir Oma Agnieszka besuchten oder etwas von ihr hörten.

Bereits Anfang Dezember hatten wir unsere Pakete nach Polen verschickt. Am Morgen des 24. hatten wir meine Patentante in Strzelce angerufen, um sicherzugehen, dass die Sendungen auch vollständig angekommen waren. Meine Tante sagte, dass sie den deutschen Kaffee viel dünner trinke, um länger was davon zu haben. Die deutschen Süßigkeiten kämen nur an Sonntagen auf den Tisch. Und mein Cousin müsse höllisch auf seine neue Mütze aufpassen, die habe man ihm schon auf dem Schulhof klauen wollen. Aber er lasse sich das nicht gefallen. Sie berichtete, in Polen müssten neue Geldscheine gedruckt werden, so tief sei der Złoty abgestürzt. »Jetzt haben wir die Demokratie, und bald sind wir ein Land voller Millionäre«, sagte sie und lachte. Wir hätten die richtige Entscheidung getroffen, abzuhauen. Das sei jetzt nicht mehr so einfach, viele würden schon vor Ort bei der Beschaffung der Papiere scheitern. Meine Tante erwähnte auch, dass sie Opa Edmund getroffen hatte. In piekfeiner Winterjacke. Das Paket an ihn war also ebenfalls angekommen, und er hatte den Inhalt nicht gleich weiterverscherbelt. Meine Eltern lächelten zufrieden. Opa Edmund habe sich auch nach uns erkundigt, sagte meine Tante. Aber sie habe ihm nicht mehr sagen können als: »Wenn sie sich nicht melden, scheint's ihnen gut zu gehen.«

An Heiligabend pflegten wir zwei Traditionen. Zunächst stellten wir uns vor den gedeckten Tisch und beteten gemeinsam. Danach nahm jeder die Oblate neben seinem Teller in die Hand und ging damit zu einem Familienmitglied. Es ist alter Brauch, ein Stück von der Oblate deines Gegenübers abzureißen und zu essen, während dieser dir etwas fürs neue Jahr wünscht. Und dann umgekehrt. Und das reihum. Die zweite Weihnachtstradition lautet, einen leeren Teller und Besteck auf dem gedeckten Tisch zu platzieren. Falls ein unerwarteter Gast an die Tür klopfen sollte, kann dieser sich dazusetzen und mitspeisen.

Während im Fensterrahmen eine Lichterkette unaufhörlich blinkte, als setzte sie SOS-Signale in die klare Nacht ab, aßen wir den ersten Gang. Roter Barszcz mit Pierogi. Im Hintergrund spielten Weihnachtslieder von einer CD. Ab und zu stimmte Vater summend mit ein. Um auch in Deutschland wie gewohnt Weihnachten zu feiern, hatten wir uns aus Polen Oblaten schicken lassen. Rechteckiges Esspapier, darauf eingestanzt die kopftuchtragende heilige Maria. So weit war alles beim Alten. Oblaten, Wünsche, der freie Teller, viel zu viel Essen, Kompott mit eingelegten Früchten, stille Nacht, heilige Nacht.

Den Rest meiner Oblate tunkte ich in den warmen Barszcz. Mutter Marias abgerissener Kopf saugte sich voll und wurde violett. Vater schaute miesepetrig zu mir rüber. Mutter sah erst ihn, dann mich an und lächelte schließlich.

Ich hielt das labbrige Marienbild hoch und fragte: »Was ist eigentlich aus Jesus' Mutter geworden?«

Meine Mutter legte den Löffel ab und überlegte. Vater interessierte die Frage nicht, er löffelte weiter.

»Ich meine, sie hat niemand Geringeren als den Sohn Gottes zur Welt gebracht. Schon klar. Aber was danach bei ihr los war, wer weiß das denn?«

»Die Oblate ist kein Spielzeug«, stänkerte Vater, schob seinen leer gegessenen Teller von sich und lehnte sich seufzend zurück.

»Die heilige Maria«, sagte Mutter, »musste mit ansehen, wie ihr Kind gekreuzigt wurde.«

Sie schaute Vater schulterzuckend an, als wollte sie ergänzen: Was denn, ist doch wahr. Mein Marienbild hatte sich inzwischen so vollgesogen, dass es abfiel und in die Suppe plumpste.

Vater richtete seinen Zeigefinger wie eine Pistole auf mich. »Du weißt, so wie man sich an Heiligabend benimmt, so wird man sich das ganze kommende Jahr über aufführen.«

Ich genoss das Essen. Mutter hatte die Pierogi mit gebratenen Zwiebeln und Champignons gefüllt. Sie schmeckten köstlich. Wie zu Hause. Oder hatte ich mich mittlerweile an den Geschmack deutscher Lebensmittel gewöhnt? Wie auch immer.

»Wir kennen den Anfang und das Ende«, sagte ich. »Aber wie war das Verhältnis zwischen Jesus und Mutter Maria in der Zwischenzeit?«

»Iss deine Portion auf«, sagte Vater. »Danach erst gibt's den zweiten Gang für dich.«

»Für uns alle«, sagte Mutter. »Wir essen gemeinsam.«

Er trank einen Schluck Kompott und verzog den Mund. Dann verschränkte er die Arme vor der Brust.

»Weihnachten hat es damals natürlich nicht gegeben. Logo.« Mein Blick sprang von Vater zu Mutter zum leeren Teller. »Aber vielleicht hat Jesus seine Mutter hin und wieder besucht? Einfach so. Oder er hat sie zu sich eingeladen? Was denkt ihr?«

Vater starrte hinaus ins Dunkel. Manchmal streunte eine Katze über den Bauhof, die er ankeifte, ihm bloß nicht zu nah zu kommen. Auch durchs geschlossene Fenster. An Heiligabend blieb er aber still. In der Dunkelheit waren keinerlei Bewegungen zu erkennen.

»Jetzt beeil dich, Jarek«, sagte Mutter. »Umso eher bekommst du dein Geschenk.«

Mein Geschenk. Eine Überraschung.

Ich hatte öfter gefragt, ob Oma Agnieszka an Weihnachten vielleicht zu uns kommen würde. In unserem Zimmer gab es ein freies Bett, vor dem Haus stand unser Auto. Anfangs hatte ich vage Antworten bekommen, ein *vielleicht* oder *mal sehen*. Je näher allerdings Weihnachten heranrückte, desto klarer hieß es: *vielleicht zu Ostern*. Ich aß auf und räumte anschließend unsere Teller auf die Fensterbank. Mutter servierte den zweiten Gang. Drei Karpfen hatte sie dafür ausgenommen, zerteilt, paniert, gebraten. Vater wirkte gelassener. Er liebte gebratenen Fisch mit Stampfkartoffeln und Krautsalat. Zufrieden summte er zum nächsten Weihnachtslied.

Bis zuletzt hatte ich die winzige Hoffnung in mir getragen, dass meine Eltern bloß behaupteten, Oma

Agnieszka würde auch an Weihnachten nicht zu uns kommen – um die Überraschung nicht zu versauen. Den ganzen Tag über hatte ich nichts mehr zu dem Thema gesagt. Drei Karpfen, hatte ich insgeheim gedacht, drei dicke Karpfen waren viel zu viel für unsere kleine Runde. Wir würden Besuch bekommen. Der leere Teller würde dieses Mal nicht leer bleiben, dieses Mal würde es an der Tür klopfen, und meine Oma wäre der unerwartete Gast. Eine Überraschung. Ha! Und die Geschenke bringt das Christkind.

Ich kaute auf einem Karpfenstück herum, bis der Geschmack komplett herausgelutscht war und ich nur noch zerfasertes Gewebe im Mund malmte.

»Warum sind wir so?«

Vater schaute verdutzt, verständnislos, als würde er sich fragen, ob er tatsächlich etwas gehört hatte. Auch Mutter blickte genervt an mir vorbei.

»Warum sind wir so?«, wiederholte ich, schluckte den Fetzen in meinem Mund herunter und fragte etwas konkreter: »Seit wann haben wir Oma nicht mehr gesprochen?«

»Du kannst ihr eine Karte schreiben«, meinte Vater.

»Wir können morgen noch einmal zur Telefonzelle spazieren«, schlug Mutter vor. »Vermutlich war sie heute Vormittag in der Messe.«

»Um ihr ganzes Erspartes im Klingelbeutel zu versenken«, ergänzte Vater spöttisch schnaufend.

»Du klingst schon wie Opa«, sagte ich.

Er rollte mit den Augen und packte sich einen Nachschlag Stampfkartoffeln auf den Teller.

»Nein, das stimmt nicht. Sogar Opa hat mehr für sie übrig als du.«

Vater schüttelte belustigt den Kopf, ließ sich vom Essen aber nicht abhalten.

»Fragt ihr euch gar nicht, ob ihr vielleicht etwas zugestoßen sein könnte?«

»Sag so was nicht, das bringt Unglück!« Mutter stellte das Kinn auf ihre Faust und grübelte vermutlich doch darüber.

»Lass dich nicht auch noch von seiner Panik anstecken. Wir haben Mutter nicht an die Strippe bekommen. *Trudno.* Ist doch schön, dass sie nicht den ganzen Tag in ihrer Bude hockt und versauert.« Vater pikte ein Stück Fisch auf die Gabel und verschlang es. »Esst!«

So lief das immer bei uns ab. Fragte ich nach Oma Agnieszka, wurde ich mit Floskeln abgespeist. *Wenn sie sich nicht meldet, scheint's ihr gut zu gehen. Nicht in Panik ausbrechen. Alles mit der Zeit.*

»Geht euch das am Arsch vorbei?«

»Jarek«, ermahnte mich Mutter. »Nicht in diesem Ton!«

»Wie denn sonst?«

Sie legte einen Zeigefinger auf ihre gespitzten Lippen und deutete zur Tür.

Vater sog tief Luft ein. Seine Finger spreizten sich, als wäre er ein Luftballontier. Er schob seinen Stuhl nach hinten, stand auf, stützte sich an der Lehne ab. Sein harter, ernster Blick fixierte mich. »Als Oma scheint sie ihren Job gut gemacht zu haben. Das freut mich für dich, Junge. Ehrlich. Aber als Mutter ... Als Mutter war sie eine Katastrophe.«

Mutter schaute zu ihrem Mann auf, streichelte ihn am Ellenbogen. Er stieß ihre Hand weg. Er ging zum Doppeldecker, fasste unter seine Matratze und holte eine kleine Flasche Weinbrand hervor. Den Fusel schluckte er in einem Rutsch. Es schüttelte ihn durch.

»Iss deine Portion auf, Jarek«, sagte Mutter. »Dann können wir endlich Geschenke verteilen.«

»Wenn ihr etwas zugestoßen wäre«, sagte Vater leise, abgeklärt, »hätte man uns verständigt.«

Onkel Henyeks Leiche war die dritte gewesen, die ich bis dato gesehen hatte. Wie Wachsfiguren sahen sie alle aus. Kurz vor meinem vierten Geburtstag war Opa Anton verstorben, zwei Jahre später war ihm Oma Ewa gefolgt. Beide hatten mehrere Tage vor der Beerdigung im offenen Sarg aufgebahrt in unserem Wohnzimmer gelegen. Häppchenweise war die Verwandtschaft vorbeigekommen, um sich zu verabschieden. Weshalb dieses Ritual bei Onkel Henyek ausgelassen wurde, kann ich nicht genau sagen. Jedenfalls war er in der Totenstube neben dem Friedhof aufgebahrt worden. Wer wollte, hatte dort von ihm Abschied nehmen können. Wir mussten nur dem Leichenwäscher einen festlichen Anzug, Hemd mit Kragen, Unterwäsche und Lackschuhe für Onkel Henyek vorbeibringen. Dessen toter Körper in schicker Aufmachung hatte rein gar nichts mit der Person zu tun gehabt, die er zu Lebzeiten gewesen war. Es schien vielmehr, als liege im Sarg die kultivierte Möglichkeit, die aus ihm hätte werden können.

Ich stand neben Mutter im Flur der Ogoneks, als

sie mit gebrochener Stimme in den Telefonhörer sprach und Oma Agnieszka in aller Kürze berichtete, was geschehen war. Henyek war hinter der alten Schnapsfabrik tot aufgefunden worden. Ein knappes Jahr vor unserem Verschwinden war das passiert. In seiner Hosentasche steckten sein Personalausweis, Kleingeld und ein Schreiben des Elektrizitätswerks Toszek – seine Kündigung, bereits eine Woche alt. Er war trotzdem jeden Morgen aufgestanden, hatte die Wohnung verlassen und war zum Bahnhof spaziert. Es hatte wirken sollen, als würde er weiterhin zur Arbeit pendeln. Aber Henyek vertrieb sich die Tage anderweitig. Abends war er wie so oft betrunken heimgekommen, hatte seinen Rausch ausgeschlafen und die Routine an den darauffolgenden Tagen beibehalten. Die Ereignisse an seinem letzten Lebtag waren nie geklärt worden. Aber wie Henyeks *Freund* später berichtete, hatten die beiden kein Geld mehr gehabt, und anschreiben lassen konnten sie auch nirgends mehr, weshalb sie Frostschutzmittel durch eine Brotscheibe gefiltert und es anschließend getrunken hatten. Nur der Saufkumpan war später aus seiner Ohnmacht wieder aufgewacht.

Es werde selbstverständlich eine katholische Beerdigung geben, hatte Mutter am Telefon erklärt und dabei die Telefonschnur um ihren Zeigefinger gewickelt. Sie hatte ihrer Schwiegermutter auch mehrfach erklären müssen, dass Henyek ganz bestimmt einen Platz auf dem Friedhof bekommen würde, es sei ja fraglos ein Unfall gewesen, kein Suizid. Dabei hatte sie den Telefonhörer in ihrer Hand irgendwann so stark gedrückt, dass ihre Fingerknöchel weiß hervortraten. Die andere Hand hatte sie an die Stirn gelegt, als wollte sie ihre Körpertemperatur prüfen. Ich hatte Mutter ratlos angesehen, und sie hatte schließlich die Geduld verloren und mir den Hörer mit zornigem Blick weitergereicht: »Das soll sie dir selbst erklären.«

Oma Agnieszka hatte mir gesagt, sie werde nicht zur Beerdigung kommen. Und damit war das Zerwürfnis der Familie Sobota vollends perfekt gewesen. Die Empörung über ihr Fernbleiben war gewaltig. Opa Edmund meinte, dass sie ihn – *ihren Ehemann* – hatte sitzen lassen, damit habe er sich abgefunden. Aber dem eigenen Sohn die letzte Ehre zu verweigern, sei anstandslos. Mutter sagte, weder Anstand noch Verstand seien mehr bei dieser Frau vorhanden.

»Die Gesundheit *macht ihr zu schaffen*«, wiederholte sie Omas Worte und drehte dabei einen Zeigefinger auf Höhe der Schläfe. Sie vermied es, zu erzählen, was ihre Schwiegermutter sonst noch gesagt hatte. Womöglich, weil sie es für Schwachsinn hielt und diesen nicht auch noch verbreiten wollte. Aber mir hatte Oma erklärt, sie habe in Salesche nichts mehr verloren. Ich flehte sie an, zurückzukommen, bot ihr an, bei uns zu übernachten. Aber sie blieb standhaft. Es habe sich seit ihrem Verschwinden nichts verändert. Mein Vater würde ihr weiterhin nicht glauben und Edmund ihr niemals verzeihen. Dann hatte sie eine längere Pause gemacht, bevor sie diesen Satz an mich richtete: »Irgendwann wirst du alt genug sein, um zu verstehen, wieso ich gehen musste, mein Augenstern.«

»Ich will aber nicht bis zu Omas Beerdigung warten müssen, um sie wiederzusehen«, sagte ich über den Karpfen gebeugt und versuchte vergeblich, den Blick meines Vaters zu entschlüsseln.

»Heute ist es zu spät, Jarek«, sagte Mutter. »Aber morgen früh gehen wir als Erstes zur Telefonzelle und rufen bei ihr an. Einverstanden?«

»Und wieso steigen wir morgen früh nicht ins Auto und fahren direkt zu ihr?«

»Vergiss es!« Vater donnerte den leeren Flachmann auf den Tisch, ging zur Kommode vom Sperrmüll, schaltete die Stereoanlage aus und den Fernseher an.

Auch Mutter war mit ihrem Latein am Ende. Sie nahm sich eine Portion Makówki und aß sie allein. Und als sie fertig war, öffnete sie den Kleiderschrank, nahm ihre Geschenke heraus, drückte sie Vater und mir wortlos in die Hände und setzte sich wieder auf ihren Platz. Sie nahm sich einen Nachschlag vom Nachtisch und schaute in Richtung der Glotze.

»Sogar Opa hat ein Geschenk für sie«, sagte ich.

Vaters Augenbrauen schoben sich zusammen wie die Wolken kurz vor einem Gewitter. »Was?«, fragte er.

»Vergiss es«, sagte ich.

»So redest du nicht mit mir.« Er drohte mit der ausgestreckten, flachen Hand, auch wenn er mich noch nie richtig geschlagen hatte.

»Entschuldigung.«

Da senkte er schon wieder den Arm.

»Woher hat der Alte denn ihre Adresse?«, fragte er stattdessen.

»Hat er nicht. Er hat's mir mitgegeben.« Ich ließ die Gabel fallen, erhob mich vom Tisch, kletterte auf das Oberbett, kniete mich hin und bewegte eine Deckenplatte zur Seite. Ich hatte mitbekommen, dass auch Mutter auf ihrer Seite in der Decke Geld und Unterlagen versteckt hielt. Ich holte die Weihnachtsgeschenke und die eingestaubte Schatulle hervor.

Vater verstummte für den Moment. Mutter war gerührt. Sie befühlte das Blumenornament der Schatulle und fragte fast kindlich: »Was wohl da drin ist?«

»Friedhofserde«, sagte ich.

Meine Antwort missfiel ihr sichtlich. Sie hielt es wohl für einen blöden Scherz. Vater aber wirkte weniger überrascht. Agnieszka habe ihm als Kind schon gesagt, wenn sie irgendwann einmal sterbe, solle Heimaterde auf ihren Sarg gestreut werden. Egal, wo sie ihren Tod finde. Ihn habe das fertiggemacht. Der Tod der eigenen Mutter. Furchtbar. Er habe davon nichts wissen wollen.

Jetzt griff er sich die Schatulle und öffnete die Klappe. Trockene, harte Erde, seit einem halben Jahr und tausend Kilometer weit transportiert. »Und das willst du ihr geben? Ernsthaft?«

»Schick ihr lieber ein paar Fotos von dir«, sagte Mutter. Sie zog das Kästchen über den Tisch und zerbröselte einige Erdbröckchen zwischen den Fingern. Plötzlich verspannte sich ihr Oberkörper. Ihre Finger gruben in der Erde. Sie runzelte die Stirn. Dann zog sie etwas aus dem Kästchen hervor, das unter den Krumen verborgen lag. Einen schmutzigen Umschlag.

Ein Brief.
Der Brief.
Es hatte ihn also tatsächlich gegeben. Adressiert an meinen Vater. Abgeschickt von *Roman Dombrowski*. Aus *Gliwice*. Gestempelt im *Januar 1982*. Und bis heute verschlossen.

»Januar 1982?« Vater riss den Umschlag auf. Er entfaltete die Flugblätter der Solidarność. Karikaturen von Jaruzelski und Breschnew, er legte sie zur Seite. Stumm las er, was sein Freund Roman ihm auf das karierte Notizpapier geschrieben hatte.

»Was schreibt er?«, wollte Mutter wissen.

»Ach, nur Blödsinn.«

»Typisch Roman.«

»Ja.«

»Und wegen so was haben sie dich verschleppt?«

»Nein.« Vaters Zähne knirschten. »Der Brief war verschlossen. Und Roman hat mir ihn vier Monate vor meiner Begegnung mit der ZOMO geschrieben.«

Mutter überlegte. »Das heißt ... Aber das heißt doch ...«

Vater starrte die Schatulle an. Er schluckte hörbar. »Die Milizen wussten gar nicht, dass ich ihn kannte? Die wussten gar nicht, dass wir etwas mit der Solidarność zu tun hatten.«

»Was für eine Scheiße«, sagte Mutter.

Ich schaute sie streng an. Doch sie wiederholte ihre *schlimmen Worte* sogar noch einmal.

»Die haben den Brief gar nicht gehabt.« Vater hob den Notizzettel und die Flugblätter hoch, um nachzusehen, ob er etwas übersehen hatte. »Es war einfach nur Pech, dass es zufällig mich erwischt hat. Einen Bergmann.«

»Aber wieso?«

Vater hielt sich mit beiden Händen den Kopf. »Die haben mich gar nicht wegen Romans Brief in den Wald gefahren. Diese Schweine ...«

Mutter strich Dreck vom Umschlag. »Es tut mir leid, Agnieszka«, las sie vor. »E.« Opa Edmund hatte dünn mit Bleistift eine Nachricht für sie hinterlassen. *Er* hatte den Brief abgefangen.

»Zeig mal her«, sagte Vater.

Oma Agnieszka hatte ihren Sohn nicht verraten. Es hatte nicht mal einen Komplott gegeben. Und Opa Edmund hatte nur – der Brief war ungeöffnet geblieben – vermeiden wollen, dass der allseits verrufene Roman Dombrowski meinen Vater in irgendwelche Schwierigkeiten mit hineinzog. Roman Dombrowski, der Aufrührer, der Scharlatan, der nie die Klappe hielt. Der ehemals beste Freund meines Vaters. Und Andrzejs Lieblingsonkel.

Im Fernsehen richtete gerade Helmut Kohl seine Weihnachtsansprache an die Nation. Mutter drückte den roten Knopf auf der Fernbedienung. Hinter der dunklen Mattscheibe knisterte es, und das Gerät erlosch wie ein weit entfernter Stern.

KAPITEL 28

Es herrschte, was man in Deutschland zwischen den Jahren als Winter bezeichnet. Wenn es schneite, blieb der Schnee ein paar Stunden liegen. Danach setzte Tauwetter ein, und Matschhügel pflasterten die Straßen. Nachts sorgte schon mal Frost für Glätte und Blitzeis. Spätestens mittags dann aber wieder Tauwetter. Seit Wochen wölbte sich eine graue, undurchdringliche Wolkendecke über uns. Jegliche Hoffnung, in absehbarer Zeit die Sonne wiederzusehen, war vergebens.

Ich spazierte mit meinem geschulterten Rucksack an Vaters almandinrotem Ascona, Baujahr irgendwas, und den anderen deutschen Autos vorbei. Ich blickte über die Schulter und bog noch vor der Werkstatt auf die Straße stadteinwärts.

»Jarek?«

Wie angeschossen blieb ich stehen. Ich drehte mich möglichst langsam um und dachte währenddessen über eine Notlüge nach, falls Vater oder Mutter doch spitzgekriegt hätten, dass ich mit vollem Rucksack unterwegs war. »Was machst du denn hier?«, fragte ich dann offen und ehrlich.

Die Arme von sich gestreckt, kam Monika aus Richtung des Wendehammers gelaufen und sah mich verwundert an.

»Aber du hast doch gesagt, ich solle mitkommen.«

Ich schaute auf meine Armbanduhr. »Wir hatten abgemacht, uns am Bahnhof zu treffen.« Bis zu diesem Tag hatte ich es erfolgreich vermeiden können, andere sehen zu lassen, wo ich wohnte. Vor allem, *wie* ich wohnte.

Monika ignorierte meinen Einwand. »Du trägst einen Rucksack der polnischen Armee?« Sie zog fragend eine Augenbraue hoch.

»Gehörte meinem Onkel. Der war bei der LWP«, sagte ich. »Wurde unehrenhaft entlassen.«

»Der, der sich totgesoffen hat?«

»Hey!«, schallte es zu uns rüber. Monika und ich waren bereits auf Höhe der Flachdachfabrik.

»Henyek«, sagte ich.

»Kennst du den etwa?« Monika deutete mit dem Kinn in Richtung eines Lkw. Hamburger Kennzeichen, als Ladung ein roter Container ohne Firmennamen.

»Henyek hieß mein Onkel«, sagte ich. »Nicht der da.«

Der Lkw-Fahrer lehnte aus seiner Kabine und wedelte aufgeregt mit der Hand.

»Vorhin hatte er noch die Vorhänge zu«, sagte Monika.

»Wie lange stehst du denn schon hier?«

»Nicht lange, bin nur aufmerksam.«

Ich nickte. »Kommt schon mal vor, dass die hier übernachten. Ist mehr Industrie- als Wohngebiet.«

Der Lkw-Fahrer pfiff auf zwei Fingern, dann winkte er wieder. »Hey! Ich hab ma 'ne Frage!«

»Komm, wir hauen ab«, drängelte ich. Der nächste Zug würde bald abfahren. Und ich wollte keinesfalls, dass jemand aus dem Haus Monika und mich sah.

Aber sie war schneller: »Was denn?«, rief sie dem Mann im Lkw zu.

»Wo kommt ihr her?«

Reflexhaft zeigte ich auf die Notwohnungen.

»Ach, nee«, sagte der Typ augenrollend. »Ich meinte, aus welchem Land ihr kommt?«

Und im nächsten Augenblick ärgerte ich mich, überhaupt auf seine Frage reagiert zu haben.

Monika holte ihr Taschenmesser heraus, ging in die Hocke und stach in den hart gefrorenen Grasstreifen. Dann kratzte sie Schnee und Dreck von einem Fünfzigpfennigstück, das sie in einem Eisklumpen entdeckt hatte, und steckte es in die Manteltasche.

»Was sollen wir sagen? – Aus den Ostgebieten?«

»Aus den Ostgebieten?«, wiederholte Monika, als hätte ich vorgeschlagen, den Eisklumpen zu essen. »Das ist Nazijargon. So redet doch kein normaler Mensch.«

»Ach ja? So einen Scheiß hast du früher gesagt. Theo Waigel und das Schlesiertreffen und so.«

»Nur, um deine Peinigerin zu verwirren.«

Woran hatte dieser Typ bloß erkannt, dass wir keine *echten* Deutschen waren? Wir hatten ganz sicher nicht Polnisch miteinander geredet, denn außer mit meinen Eltern sprach ich überall grundsätzlich nur noch Deutsch. Ich träumte sogar schon in dieser Sprache. Es gab nur eine logische Antwort, der Mann musste uns an meinen Klamotten erkannt haben. Und ich meinte nicht den Armeerucksack, ich meinte die Hochwasserhose, die klobigen Turnschuhe aus dem Discounter und meine zu große, unvorteilhaft gepolsterte Jacke, die durch grellen Polyester aus hundert Metern brüllte: *Hier kommt die Caritas-Winterkollektion.* Grete Schickedanz' Grußwort im *Quelle*-Katalog kam mir in den Sinn: *Die Zeit der Mode-Diktate ist vorbei. Erlaubt ist, was gefällt. Man zieht sich je nach Stimmung oder Anlass an und unterstreicht durch die äußere Erscheinung die eigene Persönlichkeit.*

»Wir sind Deutsche«, rief ich rüber.

Denkfalten zerfurchten die Stirn des Fernfahrers. Er richtete seinen Blick aufs Haus.

Monika verzog den Mund. Sie ging über die Straße, und ausgerechnet sie, die überhaupt nicht als solche auffiel, stand jetzt unter dem Fenster des Lkw und sagte: »Wir sind Polacken.«

Dem Mann zu antworten, war unser erster Fehler gewesen, ihm die Wahrheit zu sagen, der zweite.

»Noch ist Polen nicht verloren.« Er lachte. »Ja? Polska?«, vergewisserte er sich. Sein Gesicht hellte sich auf.

Ja. Polska. Obwohl es, frei übersetzt, hätte heißen müssen: Noch ist Polen nicht gestorben. So wird es in der Nationalhymne besungen. Zur Parade am 22. Juli, dem Unabhängigkeitstag, hatten jedes Jahr alle Schulklassen in weißem Hemd und rotem Rock oder roten Shorts erscheinen müssen. Ich ging in die erste Klasse und hatte gerade einen Wachstumsschub hinter mir. Die alten Shorts waren mir zu klein geworden. Bloß gab es in keinem Geschäft weit und breit kurze, rote Hosen. Nicht mal roter Stoff war aufzutreiben gewesen, weil sämtliche rote Stoffballen vom Staat verteilt worden waren, damit pünktlich zum Feiertag alle Gebäude mit Fahnen hatten bestückt werden können. Also hatten wir nachts die von Oma Agnieszka selbst genähte Nationalflagge vor unserem Blockeingang wieder eingeholt, und aus der unteren Hälfte hatte sie mir eine passende Hose geschneidert. Auf der Parade am nächsten Tag war niemandem etwas aufgefallen.

»Polska!«, jubelte der Mann noch einmal, schob den Schirm seiner Kappe höher und machte jetzt ein freundliches Gesicht. »Kenn ich, kenn ich. Super Land, Polska.«

Monika machte mit den Fingern ein Peace-Zeichen.

»Wodka«, sagte er und hielt einen Daumen hoch. »Bigos«, sagte er, und mit der anderen Hand fuhr er sich mehrmals im Kreis über den Bauch. »Hübsche Mädels«, schwadronierte er weiter, dabei ließ er die Augenbrauen hüpfen und lachte dreckig. Dann schaute er fragend von Monika zu mir. »Schnallt ihr eigentlich, wovon ich rede?«

Hätte der Showmaster Werner Schulze-Erdel einhundert Leute gefragt, was sie mit dem Land Polen verbinden, wären das sicher die Top-3-Antworten gewesen. Wir deuteten ein Nicken an.

Der Mann schob den Kappenschirm wieder auf die gewohnte Höhe. »Ich heiße Mark«, stellte er sich vor. »Deutsch Mark. Polnisch Marek. Richtig?«

»Mm-hm.« Ich schaute demonstrativ auf meine Armbanduhr.

Dann stieg er aus. Er war kaum größer als ich, aber ziemlich kompakt gebaut. Arme und Bauch spannten ihm unter dem karierten Flanellhemd, das er sich halb in die Jeans stopfte, bevor er sich eine Steppweste überwarf. Währenddessen monologisierte er weiter über seine Fahrten durch Polen. Er zählte polnische Städte auf – obwohl das nicht ganz klar war, denn er versuchte, deren Namen auf Polnisch auszusprechen.

Erinnerungen an Salesche kamen hoch. An die Zeit, als Lastwagen durch unser Dorf gebollert waren und während der Durchfahrt deutsche Süßigkeiten aus dem Fenster auf die Wiese geworfen hatten. Unsere Freude über ein paar in buntes Papier gewickelte Bonbons ist schwer zu beschreiben.

Ohne dass ich ein Wort gesagt hatte, stimmte mir Deutsch-Mark zu: »Die Polen sehn ein' an wie datt siebte Weltwunder, wenn man mit deutschem Kennzeichen vorfährt.«

»Kennst du Salesche von deinen Fahrten?«, fragte ich deshalb nach.

Deutsch-Mark überlegte angestrengt.

»Ist ein Dorf in der Nähe von Strzelce«, half ich ihm weiter auf die Sprünge. »Groß Strehlitz?«

Er schüttelte den Kopf. »Sacht mir nix. Aber ich kenn die Ecke hier noch außen Achtzigern. Warn allet Zimmer für Säsongarbeiter in dem Haus.«

Und seit Beginn der Neunziger hatten nur noch Leute wie wir dort gewohnt. Es war lukrativer, die Zimmer ganzjährig zu vermieten.

»Haben in der Gegend aufn Feldern malocht«, sagte Deutsch-Mark. »Die Säsongarbeiter, mein ich.

Sind viele Polen bei gewesen. Konnten anpacken wie die Berserker. Und warn froh über jede Stunde, die sie zusätzlich auf'er Uhr hatten.«

»Warst du Erntehelfer?«, fragte Monika.

»Ich? Nä. Ich bin schon immer Truck gefahrn.« Deutsch-Mark lachte vorfreudig. »Kennta den von dem Jungen, der den ganzen Tach Trecker fährt? Wie ging der nomma? Wissta, der sacht imma: Trecker fahrn, wenn er watt gefragt wird. Immer nur: Trecker fahrn. He, he. Trecker fahrn. Und am Ende kommt raus, dass der alle umgenietet hat. Die ganze Familie – tot.« Deutsch-Mark lachte noch lauter. »Scheiße, ich krich den nicht mehr auf die Reihe. Kennta den nich? Mitm Trecker?«

Monika und ich blickten uns ratlos an.

Deutsch-Marks Gelächter ebbte ab, und er gab die Suche nach dem Witz auf. Mit der Gleichgültigkeit eines Rummelboxers zuckte er die Schultern und fragte ungeniert: »Sacht ma, ich hätt noch 'ne private Frage.«

Da wusste ich schon, was als Nächstes kommen würde. Ich tippte meine Armbanduhr an und wünschte mir, wie Hübner aufs Gaspedal steigen zu können, um schnell von hier wegzukommen.

Deutsch-Mark nahm die Kappe ab und kraulte sich die Kopfhaut. »Gibbet hier noch Nutten?«

Bingo.

Er starrte Monika an. »Ihr wisst schon ...« Er zog das Kaugummi mit den Zähnen über seine Zunge. »Na, hier«, schnippte er mit den Fingern. »Dingenskirchen ...«

Monika verpasste mir einen Stoß mit dem Stiefel.

Sie zog eine Grimasse, als müsste sie in die Kirche. Es verirrte sich einfach niemand in unsere Gegend, außer Typen wie der. Wir drehten uns wortlos um und gingen die Straße zum Bahnhof entlang.

»Kurwas?«, rief uns Deutsch-Mark hinterher, der wohl dachte, wir hätten das deutsche Wort nicht verstanden. »Genau! Kurwas – 'n Kollege hat mir den Tipp gegeben. Arbeiten hier jetzt keine Kurwas mehr? Hey, Leute. Wo wollt ihr denn hin?«

KAPITEL 29

Monika und ich waren die Treppen zum Bahnsteig hochgestiegen und hatten am Automaten Tickets gezogen. Kurz vor und kurz nach jeder vollen Stunde fuhren Regionalzüge vom Bahnhof Werne an der Lippe ab. Fuhr der Zug von links nach rechts, dann mit dem Fahrtziel Münster Hauptbahnhof, fuhr er von rechts nach links, dann Richtung Dortmund. Fast jeder Zug führte besprayte Waggons mit. Am besten gefielen mir die gemalten Figuren. Der grinsende Garfield oder das Gespenst, das sich über den gesamten letzten Wagen streckte und einem ein *Booh* entgegenrief. Vor allem aber waren die Eisenbahnen durch etliche große Schriftzüge markiert. Scheinbar wahllose Aneinanderreihungen von Buchstaben. Hinter den Graffiti-Codes steckten die Namen der Sprayer oder Crews. *HCT* für *Hate Clean Trains* zum Beispiel. So viel hatte ich entschlüsselt.

Das war allerdings nichts im Vergleich zu dem, was Vater herausgefunden hatte, als er und sein Bruder Henyek zu ihrer Zeit ebenfalls bemalte Züge beobachtet hatten. In den Monaten vor der Olympiade in Moskau 1980 waren viele Güterzüge an Salesche vorbei gen Russland gefahren. Auf die Waggons war mit weißer Farbe *Zement* gepinselt worden. Doch in ihrem Inneren lagerte kein Baustoff, sondern Zucker, Getreide, Hefe. Vater, Henyek, Roman Dombrowski und eine Handvoll andere hatten einmal einen solchen Zug gestoppt, die Räder an den Gleisen festgeschweißt und die Waggons geplündert. Er hatte mir erzählt, dass es anders nicht mehr weitergegangen wäre, die Lebensmittelvorräte waren immer knapper und teurer geworden, und der große Bruderstaat hatte sich das wenige noch unter den Nagel gerissen, um später in Moskau vor internationalem Publikum mit der guten Versorgungslage zu prahlen. Vater erzählte mir all das, weil er spitzgekriegt hatte, dass ich mit meinen neuen Klassenkameraden im Kaufhaus Stifte und Textmarker hatte mitgehen lassen. Ich hatte eine Standpauke erwartet. Er aber hatte nur völlig enttäuscht und außerstande, auch nur die Katze vom Gelände zu vertreiben, auf der Bettkante gesessen und mich gebeten, um Himmels willen nicht das hierzulande gängige Klischee vom klauenden Polen zu bedienen. Die Umstände hätten sich geändert.

Ein anderer Umstand hatte sich dagegen nicht geändert. Der große Umbruch an Heiligabend war ausgeblieben. Ich hatte mir so sehr gewünscht, dass Vater die Autoschlüssel schnappen und sagen würde: Worauf wartet ihr? Zieht eure Jacken an, wir fahren zu meiner Mutter! Aber er hatte zunächst einfach nichts mehr gesagt. Und dann, als er sich wieder einigermaßen gefangen hatte, hatte er geschworen, dass er mit uns nach Hannover fahren würde – allerdings erst im Frühling. Schließlich war er wieder in sich selbst versunken.

Monika und ich stiegen in den Zug nach Dortmund Hauptbahnhof. Wir gingen durch den Waggon und fanden ein Abteil ganz für uns. Ich schälte mich aus meiner Aussiedlerjacke, nahm die Wollmütze ab und lehnte mich auf dem weinroten Lederpolster zurück. Meine Fahrkarte hielt ich in der schwitzigen Hand. Für mich war es die erste Zugfahrt innerhalb Deutschlands. Außer Monika und mir wusste niemand von unserem Ausflug. Die Bahn setzte sich gemächlich in Bewegung, bis zur nächsten Station saßen wir uns schweigend gegenüber und beobachteten, wie weiß bedeckte Spitzdächer ohne Satellitenschüsseln oder Antennen aus unserem Blickfeld verschwanden. Leichter Schneefall hatte eingesetzt.

Der Zug drang tiefer ein ins Ruhrgebiet. Güterwaggons rollten aus Lagerhallen. Sie beförderten Metallstangen, Kabelrollen, Tanks. Unser Waggon ratterte über eine Stahlbrücke. Auf dem darunter verlaufenden Kanal dümpelten grüne Bojen, und am Ufer ankerte ein flaches Transportschiff, das Kohlen geladen hatte. Wie in Schlesien war auch hier der Bergbau die vorherrschende Industrie. Auch hier drehten sich die Seilscheiben unermüdlich in den Fördertürmen, damit wir es warm hatten.

»Was hast du eigentlich deinen Eltern erzählt?«, fragte Monika, ohne den Blick vom Fenster abzuwenden. Wie der Wagen einer Schreibmaschine zuckten ihre Pupillen immer wieder vor und zurück.

»Die Wahrheit«, log ich.

KAPITEL 30

Mein Vater tat jedes Mal beleidigt, wenn ich sagte, ich wolle Monika besuchen. Umso mehr freute er sich allerdings, wenn ich hinterher den neuesten Klatsch mitbrachte. Dann scharwenzelte er um mich herum, bot mir Schokoriegel an, ließ mich eine CD in seine nagelneue Stereoanlage schieben und einen Song auswählen, um ganz beiläufig Dinge zu fragen, wie: Leisten die sich immer noch diese Vierzimmerwohnung, über dem griechischen Restaurant? Immer noch?

Als ich das erste Mal die Wohnung der Engels betreten hatte, war mir der Gedanke, Monika jemals zu mir in unsere Bruchbude von Notwohnung einzuladen, ebenso abwegig vorgekommen, wie es Vater vorkommen musste, überhaupt jemanden zu uns einzuladen. Es war, als würde ich zum ersten Mal mehr mit ihm teilen als den Familiennamen. Ein Gefühl, das zusammenschweißt: Scham.

Meine Eltern hatten in Polen genug Geld zur Seite gelegt, um in Deutschland ein Auto kaufen zu können. Die Engels aber mussten ein Vielfaches mehr auf der hohen Kante haben. Sie waren nicht nur aus dem Lager direkt in eine Wohnung gezogen, sondern hatten zusätzlich gleich mehrere größere Anschaffungen getätigt. Die Einbauküche mit allem

Pipapo. Dann das Wohnzimmer, bestehend aus einer dreiteiligen Couch-Komposition, neuem Fernseher und Videorekorder und selbstverständlich einer Anbauwand mit Bar und Glasvitrine, hinter deren Scheiben Kristallgläser aufblitzten. Standleuchten erhellten den Raum wie einen Palast. Was den Stil betraf, hatten sie allerdings großzügige Abstriche machen müssen: Die deutschen Preise für Jugendstil- und Art-déco-Möbel hätten selbst die Engels ruiniert. Dafür hatten Gregors und Monikas Zimmer selbstverständlich auch sofort und komplett neu eingerichtet werden müssen. Drunter ging es nicht.

Besonders gern quetschte mich Vater über Herrn Engels Arbeitssituation aus. Und dann schüttelte er jedes Mal fassungslos den Kopf über dessen angeblichen Arbeitswillen. »Der eine Job ist ihm zu weit weg. Beim anderen passen ihm die Zeiten nicht. Weshalb ist der Herr Ingenieur hergekommen? Hatte er in Polen zu wenig?«

Vaters Frage, ob die Engels noch immer über dem Griechen wohnten, war durchaus berechtigt. Länger als zwei Jahre, wenn überhaupt, würden sie dort nicht bleiben können, denn auch die kleine Magda würde bald ihr eigenes Zimmer benötigen. Aber eine größere Wohnung bedeutete höhere Kosten. Herr Engel musste also schnellstens in seinem studierten Beruf Arbeit finden. Meinem alten Herrn dagegen war von Anfang an klar gewesen, dass es für ihn eine Stelle als Bergmann in Deutschland nicht geben würde, sondern nur Kompromisse auf dem Arbeitsmarkt. Kompromisse, die er nicht ausschlagen konnte. Wenn man sich aber nicht allzu dumm anstellte, die Bedürfnisse runterschraubte und sich Mühe gab, seinen Job zu behalten, indem man fleißiger zupackte als die deutschen Kollegen, nicht krank wurde und, falls doch, sich krank zur Arbeit schleppte, mit Schmerzmitteln aufpäppelte und bis Schichtende blieb, und wenn man obendrein nie auf die Idee kam, sich wegen irgendwas bei den Vorgesetzten zu beschweren, und anstandslos jede Sonderschicht kloppte, dann konnte das *die* Chance des Lebens werden, dann konnte man es zu etwas bringen. Das hatte Vater längst verinnerlicht.

In Werne angekommen, hatten meine Eltern einen Sprachkurs absolviert, in dem sie unter anderem die verschiedenen Berufsgruppen lernten, die für Leute wie sie infrage kamen, und wie sie sich auf diese Jobs bewerben konnten.

Zuerst hatte Vater einige Wochen auf dem Bau gearbeitet. Danach hatte er eine Stelle als Beschichtungstechniker im Dreischichtsystem angetreten, von den Rücklagen den Ascona gekauft, wir waren in die Notwohnung gezogen, und meine Eltern hatten sich erlaubt, weiter zu träumen. Vom eigenen Haus, einem Reihenhaus mit Spitzdach vielleicht, bescheiden, mit Garage oder wenigstens Carport und Vorgarten. Ein Traum der Konformität.

Herr Engel aber hatte zu spät kapiert, dass die Stachu Ogoneks mit ihren blank geputzten, gebrauchten, geleasten oder auch nur von Freunden geliehenen deutschen Autos, ihren Markenjeans, Markenschuhen, glänzenden Uhren und verspiegelten Sonnenbrillen nur eine Show abzogen. In Polen konnten sie für drei Wochen mit ihrem angeblichen neuen Wohlstand prahlen – wie Andrzejs dumme Verbrecher. Die restlichen neunundvierzig Wochen im Jahr aber vegetierten sie in ihren winzigen Sozialwohnungen, kauften billige Klamotten, billigste Technik und in Plastik verschweißte Discounter-Lebensmittel und sparten für die nächste Reise ins Land der Ahnungslosen.

KAPITEL 31

Meinen Eltern hatte ich weisgemacht, dass ich Monika treffen wollte. Das war ja auch nicht falsch. Ich ließ nur unerwähnt, *wo* ich sie treffen wollte und dass wir an dem Abend hundertpro *nicht* nach Hause kommen würden.

Während der Weihnachtsfeiertage hatte ich viel über Oma Agnieszka nachgedacht. Sie war klammheimlich verschwunden. Niemand hatte etwas bemerkt. So würde auch ich es angehen. Also hatte ich mich zurückgehalten, als es wieder einmal hieß, wir würden sie schon noch früh genug besuchen. Ich ließ das Thema ruhen. Mutter und Vater sollten denken, ich hätte mich damit abgefunden. *Trudno.*

Bis zum Jahresanfang hatte Vater frei und zog sich seit den Morgenstunden Wiederholungen von *Ein Schloss am Wörthersee* rein. Es schien, als müsste er die vielen Jahre mit nur TVP1 und TVP2 durch eine geballte Ladung deutsches Dauerfernsehen kompensieren. Mutter saß im Oberbett über ihm, hatte ihre Pyjamahosenbeine in dicke Wollsocken gestopft und brütete konzentriert über ihren Aufgabenheften. Sie besuchte einen Fortbildungskurs in der Abendschule, um sich eine realistische Chance auf eine Stelle als Bürokauffrau zu erarbeiten. Sie war froh, wenn sie mal Ruhe zum Büffeln fand.

Mutter blickte von ihren Notizen auf, als ich mich verabschiedete, und winkte mir zu. Vater lachte sich schlapp über die beiden mit Akzent sprechenden Nebenrollen in der Fernsehserie. Malek, stämmig und mit Schnauzbart ausstaffiert, Josip, glatzköpfig und ebenfalls mit Schnauzer, erledigten die Drecksarbeit im Schlosshotel. Ständig wiederholten sie, wie *fleißig* sie seien, während ihnen die tollpatschigsten Missgeschicke unterliefen.

»Du warst doch erst gestern bei denen«, wendete Vater sich kurz vom Fernseher ab in meine Richtung.

Das stimmte. Am Tag zuvor hatte ich Monika mein Herz ausgeschüttet, ihr erzählt, was an Heiligabend bei uns abgelaufen war. Und dass wir Oma Agnieszka auch am ersten und zweiten Feiertag nicht erreicht hatten, obwohl es doch so viel mehr als nur Weihnachtsgrüße auszurichten gab.

»Du glaubst wirklich, ihr ist etwas zugestoßen?«, hatte Monika gefragt.

Ich hatte nur die Schultern hochgezogen. Daraufhin hatte Monika das Telefon aus dem Flur in ihr Zimmer geholt. Ich tippte Omas Nummer, es läutete. Wieder nahm niemand ab. Dass Oma jedes Mal, wenn ich sie zu erreichen versuchte, außer Haus sein sollte, erschien mir sehr unwahrscheinlich. Und einfach abwarten nach alter Sobota-Manier wollte ich auch nicht mehr.

»Richtig, Inspektor Columbo«, sagte ich zu Vater.

»Klugscheißer«, stichelte er zurück.

»Aber ihr ...«, stammelte Mutter. »Du weißt schon.« Sie knipste mit dem Daumen auf ihrem Kuli herum. »Ihr schlaft nicht zusammen ... unter einer Decke?«

»Mittagsschlaf? Aus dem Alter bin ich raus«, versuchte ich, das Thema humorvoll abzuwimmeln.

Mutter murrte. Musste sie ausgerechnet jetzt damit anfangen? Nicht, dass sie sich noch bei den Engels melden würde, um das abzuklären.

»Keine Sorge.« Ich klopfte gegen die Holzbalustrade meines Doppeldeckers. »Seitdem wir in Deutschland sind, bin ich doch jeden Morgen mit euch in einem Zimmer aufgewacht, oder?«

»Du weißt, was ich meine, Jareczek.«

»Mutter, glaub mir, Monika und ich wollen nur eine Tasse Tee trinken.« Ich faltete dabei die Hände wie zum Gebet und blickte zum Porträt des Papstes.

Noch einmal kramte ich in Onkel Henyeks würfelförmigem Armeerucksack und überprüfte, ob die Schatulle sich wirklich nicht geöffnet hatte. Hatte sie nicht. Dann holte ich die Thermoskanne hervor, schenkte in den Deckel ein und reichte ihn Monika.

Sie hielt ihre Nase über den dampfenden Deckel. »Was ist drin?«

»Schwarzer Tee natürlich. So wie ich es meiner Mutter versprochen habe.«

»Nur Tee?«

»Nur Tee.« Besoffen brauchten wir gar nicht erst bei meiner Oma antanzen. »Und was hast du deinen Alten erzählt?«

»Lerngruppe bei Dominique in Derne.«

»Deine Freundin wohnt in Dortmund-Derne?«

»Ja.«

»Geht aber in unserer Kleinstadt zur Schule?«
»Als Freundin würde ich sie nicht bezeichnen.« Monika nippte vom dampfenden Thermostee. »Ich könnte was Stärkeres vertragen. Aber ja, Dominique geht mit mir in eine Klasse. Und ja, sie pendelt jeden Tag. Ich hab dir doch gesagt, das Gymnasium hat einen herausragenden Ruf.«

Als die Dortmunder Skyline näher rückte, bremste der Zug mit lautem Quietschen auf freier Strecke ab. Industrieschornsteine pusteten dunklen Qualm in den ohnehin schon grauen Himmel. Zwischen Backsteingebäuden und Fabriken verliefen oberirdische Leitungen. Autos drängelten durch den Nachmittagsverkehr, Werbeplakate grüßten von Hausfassaden, Bürotürme rückten in den Vordergrund. Schwankend und sehr viel langsamer rollten die Waggons dann die letzten ein, zwei Kilometer in den Hauptbahnhof ein, und mit einem lauten Zischen hielt der Zug am Bahnsteig.

Wir stiegen aus. Draußen warteten bereits die nächsten Passagiere, um in Richtung Münster zurückzufahren.

Monika ging schnurstracks die Treppen zur Bahnhofshalle hinab, ich dagegen kam aus dem Mich-Umschauen gar nicht mehr raus. Bemalte Züge, so weit das Auge reichte. Und nicht nur das. Jede Wand, jede Mauer, jede Säule rundherum war besprüht worden. Auf Monika musste dieser Bahnhof mit seinen ein- und abfahrenden bunten Zügen wie ein Schandfleck wirken. Ich betrachtete ihn wie eine Kunstinstallation.

KAPITEL 32

Dass wir nach der Lagerzeit in Werne gelandet waren, war *auf meinem Mist gewachsen*, wie Vater es formulierte. Nachdem wir nämlich unseren positiven Bescheid erhalten hatten, waren wir vor die Wahl gestellt worden, an welchen Ort wir ziehen wollten. Ich erwähnte, was ich von Monika über Werne an der Lippe wusste, und schmückte das ein wenig aus. Ich ergänzte die gute Verkehrsanbindung nach Dortmund und Richtung Münsterland. Und um das zu beweisen, zeigte ich meinen Eltern im Autoatlas, dass die A1 da langführte und direkt aufs Kamener Kreuz zusteuerte. Zu spät bemerkte ich meinen Fehler. Dafür, dass ich Hübner beklaut hatte, gab's eine kräftige Gardinenpredigt. Und den Autoatlas kassierte Vater ein. Den könne er gebrauchen.

Dann zogen wir tatsächlich nach Werne. Doch statt in eine Wohnung oder wenigstens in ein Zimmer ging es für uns zunächst in die Turnhalle der Sonderschule, eine weitere temporäre Notunterkunft. Zu dritt bezogen wir ein Kabuff. Bürotrennwände waren auf dem Hallenboden in Reihe aufgestellt, dazwischen Wäscheleinen gespannt, über denen Vorhänge hingen, um die Kabuffeingänge abzuschirmen.

Doch es kam noch dicker. Während der ersten

Nacht war jemand in unseren Bereich geschlichen. Vater war aus dem Schlaf geschreckt und sofort mit geballten Fäusten auf den Typen losgegangen. Der Mann winselte, er habe sich vertan, die Kabuffs sähen doch alle gleich aus, er habe wirklich nichts stehlen wollen. Aber damit konnte er Vater lediglich überzeugen, ihm keine zu verpassen. Ein sicheres Zuhause sah anders aus.

Zwar hatten meine Eltern bereits ein Bankkonto eröffnet, Bargeld und Unterlagen aber bunkerten sie in einer Bauchtasche. Mit D-Mark zu bezahlen, war ihnen noch nicht ganz geheuer, weshalb sie anfangs ein gemeinsames Portemonnaie besaßen. Morgens richtete Vater sich auf, schnallte wortlos die Bauchtasche ab und übergab sie seiner Frau. Seine blutunterlaufenen Augen wirkten, als hätte jemand damit Squash gespielt. Anschließend kippte er wieder auf die Matratze und drehte sich zur Trennwand, um ein paar Stündchen Schlaf nachzuholen.

Zumindest für mich wendete sich in Werne aber das Blatt zum Guten. Eines Tages saß ich auf einer Sitzbank in der Turnhalle. Ich wartete darauf, dass die elektrischen Herdplatten frei wurden, um mir etwas zu essen zu machen. Und während ich da wartete, hörte ich ein Piepen. Zwei Töne. Piep – piep.

Zuerst dachte ich, es käme von so einem billigen Videospiel, mit dem die Kleinkinder beschäftigt waren. Aber es war kein Kind in der Nähe. Da entdeckte ich etwas Glänzendes zwischen den Planken der Sitzbank. Ich legte mich der Länge nach hin und lugte zwischen den Holzbohlen hindurch mit einem

Auge auf den dunklen Boden. Dort lag eine Armbanduhr mit digitaler Anzeige. Die Bank war fest im Hallenboden verankert und rundherum verkleidet. Es gab nur diesen einen Zugang. Meine flache Hand passte allerdings nur schwer durch den Schlitz, meine Finger strampelten noch weit über der Uhr in der Luft. Also ging ich zum Tisch der Gemeinschaftsküche und cremte mir die Hand mit Margarine ein. Beim nächsten Versuch gelang es mir, die Hand zwischen den Planken hindurchzuschieben, und dann steckte auch schon mein Unterarm in der Bank. Ich schob ihn tiefer. Allerdings reichten meine Finger immer noch nicht ganz bis zum Boden, gegen den Schmerz schob ich sie Millimeter um Millimeter weiter. Wie so ein Greifarm, der auf dem Rummel Plüschtiere bergen will, erwischte ich das Uhrenarmband für einige Augenblicke, um es nach dem ersten Adrenalinschub gleich wieder fallen zu lassen. Immer wenn ich die Uhr zwischen zwei Fingerspitzen festhielt, spannte sich ein Muskel im Unterarm an, und ich bekam das Handgelenk nicht mehr herausgezogen. Wollte ich meinen ganzen Arm wiederhaben, musste ich auf die Uhr verzichten.

Mittlerweile hatte sich ein Halbkreis aus Menschen um mich gebildet. Es wurde viel über den Wert der Uhr spekuliert. Mir wurden Ratschläge erteilt, wie ich es stattdessen versuchen sollte: den Mittelfinger wie einen Haken formen und dann unters Armband tauchen, mit der anderen Hand eine Planke wegdrücken, um den Arm tiefer reinzuschieben, und so weiter. Aber es lief immer auf dasselbe hinaus: Hand oder Uhr.

Schließlich rückte Mutter mit einer Säge an und trennte ein Stück Planke heraus. »War es das wert?«, fragte sie verärgert.

Ich legte mir die Uhr ums fettverschmierte, wundgescheuerte Handgelenk und gab Mutter einen Kuss. Zweifellos, das war es wert gewesen.

KAPITEL 33

Monika blieb mitten im Passantenstrom stehen. Sie wurde von kofferschleppenden, genervt dreinblickenden Menschen angerempelt, gefragt, ob sie blind sei oder anderweitig behindert. Sie blieb zunächst ruhig. Doch dann schob sie ihre Hand in die Jackentasche, und ich befürchtete, sie könnte es sich anders überlegt haben und wieder ihr Taschenmesser zücken. Aber sie zog nur ihren Fotoapparat heraus, machte einen Schnappschuss von mir im Dortmunder Hauptbahnhof und steckte den Apparat wieder ein. Dann studierte sie die Anzeigetafel in der Bahnhofshalle.

»Gleis 10«, sagte ich und sah auf meine Armbanduhr. Die digitalen Ziffern verschwammen leider immer öfter. Vor allem, wenn die Außentemperatur schwankte. »Wir haben ... zwanzig Minuten.« Die würden ausreichen, um Tickets für die Weiterfahrt zu kaufen und einmal auf den Bahnhofsplatz rauszutreten und die Union-Brauerei von Weitem zu sehen.

»Schön wär's«, sagte Monika.

Ich machte einen Abgleich mit der Bahnhofsuhr. »Sogar einundzwanzig Minuten, wenn du's genau wissen willst.«

»Schön wär's«, wiederholte Monika. »Ist aber der falsche Zug.«

An der Anzeigetafel war *Hannover Hbf* angeschlagen. Die Endstation. Und der Zug fuhr von Gleis 10 ab. Was war daran falsch?

»Intercity«, sagte Monika.

»Aha.«

»Hast du ein Glück, dass ich mitkomme. Allein hätten sie dich auf halber Strecke ausgesetzt.«

Sicher nicht. Ich tippte auf die wabernde Digitalanzeige. Die Uhr hatte ich im *Quelle*-Katalog entdeckt. Exakt dieses Modell. Für 19,95 DM.

»Was würden wir nur ohne dein großartiges Chronometer machen?«

»Hey. Mach dich bloß nicht über meine Uhr lustig.«

»Das Ding hättest du locker mit einem Magneten herausangeln können«, stichelte sie unbeeindruckt weiter.

»Hätte, hätte, Fahrradkette.« Ich schob meinen Jackenärmel übers Handgelenk. »Noch zwanzig Minuten.«

Sie rollte mit den Augen. »Wenn du unbedingt Intercity fahren möchtest, müssen wir teurere Tickets kaufen, mein Lieber.« Sie schaute auf ihre Fingernägel und versteckte ihre Hände dann schnell in den Manteltaschen.

Ich erinnere mich an einen Tag, an dem die Engels mich eingeladen hatten, mit ihnen zu Abend zu essen. Frau Engel hatte eine Schallplatte aufgelegt.

»Chopin«, klärte sie mich auf.

Ich nickte, Chopin hatte ich schon zigmal gehört. Also den Namen. Fryderyk Chopin war *der* polnische Komponist schlechthin und wurde gerne in einem Atemzug mit dem anderen Nationalhelden genannt, Adam Mickiewicz. Frau Engel erwähnte den Titel des Stücks. Den hatte ich vorher noch nie gehört, und kurze Zeit später hatte ich ihn auch schon wieder vergessen. Ich nickte trotzdem und versuchte, mir alles zu merken, was sie über Chopin zu sagen hatte.

»Ein Tanz«, sagte Monika.

Nee. Ich schüttelte den Kopf. »Bloß nicht.«

»Das Stück.« Sie deutete auf den Plattenspieler. »Das ist ein Tanzstück.«

Von Tanzmusik hatte ich völlig andere Vorstellungen. Mir schwebten die CDs und MCs meiner Eltern vor. Roxette, Boney M., Modern Talking, zu denen sie Discofox performten. Oder, wenn es ganz eng auf der Tanzfläche wurde, Roy Black. Zu Chopin passte vermutlich ein Walzer oder so was.

»Ehrlich gesagt, bin ich kein guter Tänzer«, sagte ich und versuchte, über diese Untertreibung des Jahres selbst zu lachen. Ich malte mir aus, wie hilflos ich mich zu diesem Stück bewegen würde.

Am Tisch wurde milde gelächelt.

»Das Stück selbst wird zwar als *Tanz* bezeichnet«, verriet mir Frau Engel. »Aber bei Chopin handelt es sich eher um ein *Charakterstück*. Da geht es um die Atmosphäre eines starken Gefühls.« Sie machte eine Pause. »Sehnsucht, beispielsweise.«

»Spielst du auch ein Instrument, Jarek?«, fragte Herr Engel.

»Akkordeon habe ich mal probiert«, sagte ich. Onkel Henyek hatte eins beim Kartenspielen gewonnen. Das stand eine Woche lang im Wohnzimmer herum, bis Henyek es wieder als Spieleinsatz benutzte.

»Ab kommendem Jahr gebe ich Kurse für Klavier in der Volkshochschule«, sagte Frau Engel. »Falls du Interesse hast, melde dich bei mir.«

Herr Engel entkorkte eine Flasche Rotwein und schenkte zwei bauchige Gläser drei Finger breit ein. Ein Glas reichte er seiner Frau. Monika, Gregor und ich bekamen Mineralwasser. Magda lag nuckelnd in ihrem Bettchen. Neben dem guten Sonntagsgeschirr lagen Stoffservietten in silbernen Ringen, und Tafelkerzen brannten in der Mitte des Tischs. Was mich wunderte: Es gab keinen besonderen Anlass für dieses Essen. Niemand hatte Geburtstag, feierte Konfirmation oder etwas in der Art.

Am Tisch kam trotzdem Heiterkeit auf. In ungeahnter Offenheit wurde zwischen Erwachsenen und Kindern über sämtliche Dinge gesprochen. Und das trotz Anwesenheit eines Fremden – mir. Monika berichtete von ihrer Religionslehrerin, die ihrer Klasse ein Abtreibungsvideo vorgeführt und dabei den Ton extra laut gedreht habe, damit alle das Knacken des Genicks eines Ungeborenen hörten. Monika drehte langsam den Kopf zur Seite, in der Hoffnung, ein Wirbel würde geräuschvoll einrasten. Aber typisch Vorführeffekt, knackte nichts. Und sogar Gregor redete. Obwohl seine Eltern sich auf Polnisch unterhielten, sprach er konsequent auf Deutsch. Er geriet regelrecht ins Schwärmen, als er die Angelausrüstung beschrieb, die er sich zu Weihnachten wünschte. Flehend schaute er seine Eltern an.

»Es wäre doch interessant, zu erfahren«, sagte Herr Engel süffisant zu seiner Frau, »welchen Sammlerwert deine Schallplatten in Deutschland haben. Es dürfte gewiss der ein oder andere Schatz dabei sein. Eine seltene Pressung. Eine limitierte Auflage ...«

»Untersteh dich«, sagte Frau Engel. »Meine Schallplatten bleiben tabu wie deine Bücher.«

Herr Engel tänzelte um den Tisch und wollte Wein nachschenken, Frau Engel legte eine Hand flach auf ihr Weinglas. Ihm merkte ich das bisschen Rotwein sofort an. Er zog Grimassen und kicherte, während er mehrmals wiederholte, wie ihm das Arbeitsamt eine Stelle als Hausmeister an einer Schule in Aussicht gestellt hatte.

»Hausmeister! Ich?«

Monika streichelte mit ihren Daumen die Nägel ihrer restlichen Finger, was vermutlich eine beruhigende Wirkung auf sie hatte. Gregor hatte aus der Stoffserviette ein Fernrohr gerollt, mit dem er seinen Vater beobachtete.

»Diplom-Hausmeister, oder wie? Mal ganz davon abgesehen, dass ich den Klempner bestellen würde, wenn die Toiletten defekt wären.«

Er schien kein geübter Trinker zu sein. War er gerade noch fröhlich beschwipst, packte ihn im nächsten Moment die Schwermut. Er lehnte sich weit über den Tisch und fragte mich glasschwenkend, wie meine Eltern diese *Verluste* verkraften würden.

Verluste? Monikas Vater hatte doch während seiner Edelstahltopf-Präsentation mit eigenen Augen gesehen, wie wir lebten. Gegen unsere Verhältnisse war das hier im Hause Engel purer Luxus. Verluste? In meiner Familie wurde schon immer krisensicher das Geld zusammengehalten. Den bekannten Lebensstandard würden wir in absehbarer Zeit wiederherstellen, daran ließen meine Eltern keinen Zweifel, auch wenn wir jetzt noch in einem Loch am Arsch der Heide wohnten und, nüchtern betrachtet, auch wenig auf Besserung hindeutete. Aber meine Eltern, polnisch durch und durch, hätten nie darüber gemeckert. Sie nahmen es hin, sie arrangierten sich mit der Situation.

Und in dem Moment begriff ich: Das hier war ein ganz gewöhnliches Abendessen für die Engels. Das kannten die so aus Polen – mit schönem Geschirr und gutem Wein –, und das wollten sie unter keinen Umständen aufgeben. Einbußen im sozialen Status? Wenn's unausweichlich war, ja, aber bitte kein Abstieg im freien Fall.

Meine Eltern und ich hatten ebenso wenig wie Monikas Eltern geahnt, was in Deutschland tatsächlich auf uns zukommen würde. Als wir von einem besseren Leben träumten, hatten unsere Fantasien ganz andere Dinge vorausgesehen. Und woher hätten wir wissen sollen, dass wir noch zwei weitere Jahre in der Notwohnung würden durchhalten müssen, bevor die Wende kam und wir für Beharrlichkeit und Fleiß und den unbedingten Glauben ans Gute belohnt wurden? Wir hielten es stoisch aus. Meine Eltern genauso wie ich. Der Unterschied zu den Engels war: Auf schwierige Umstände waren wir Sobotas von Haus aus besser vorbereitet.

Und obwohl es mich freute, so nett bewirtet zu werden, und ich sogar selbst in Erinnerungen an das Sonntagsritual verfiel, zu dem sich meine Familie in früheren Tagen regelmäßig am Esstisch eingefunden hatte, fühlte ich mich im Kreis der Engels wie der unerwartete Gast an Weihnachten, dessen Teller traditionell doch immer leer bleiben sollte.

KAPITEL 34

Wir gingen zum Schalter, wo wir mit Scheinen zahlen konnten, kauften ein weiteres Mal die günstigeren Tickets und stiegen in die Regionalbahn nach Minden.

Wenige Stationen später hielt der Zug in Hamm, Westfalen. Ein halbes Jahr zuvor hatte uns Hübner in diesem Ort abgesetzt. Nur fürs Erste. Nur für eine Nacht unter Papierdecken. Und auch jetzt verließen wir Hamm nach kurzem Halt, doch diesmal ging es wirklich nach Hannover.

»Hat deine Großmutter eine große Wohnung?«

Ich wusste nicht, was Monika sich vorstellte. Meine Oma lebte allein. Zur Miete. In der Großstadt. Sie hatte ein Wohn- und ein Schlafzimmer. Für ihr Verständnis war das opulent. Aber für Monikas?

»Mach dir mal keine Sorgen«, sagte ich. »Zur Not kannst du auf dem Sofa schlafen, und ich mache es mir auf dem Boden gemütlich.«

Sie schnippte einen Krümel vom Kragen ihres Wintermantels und sah dabei alles andere als zufrieden aus. Aber was sollte ich ihr sonst versprechen? Vor einem halben Jahr hatten wir noch in Lagerbetten geschlafen, dagegen sollte ihr eine Nacht auf dem Sofa wie Urlaub vorkommen.

»Es gibt ein Kaufangebot für unser Haus in Bromberg«, sagte Monika aus der Lamäng heraus und überprüfte wieder ihre kastanienbraun lackierten Fingernägel. »Das klingt doch großartig, oder?«, fragte sie. »Damit wären die finanziellen Sorgen mit einem Wisch weg.« Sie blickte herausfordernd zu mir rüber, als sollte ich etwas dazu sagen. »Ein Weihnachtswunder«, sagte sie dann selbst.

Ehrlich gesagt, war ich mir unsicher, ob das jetzt gute oder schlechte Aussichten waren. Im Sommer hatte Monika noch vom Haus in Bromberg geschwärmt, als wäre es auf ewig ein Rückzugsort für sie und ihre Familie. Aber die Engels hatten sich finanziell mächtig vergaloppiert. Immerhin würden sie noch Geld für ihr Haus sehen. Meine Eltern hatten das Mietverhältnis für die Wohnung in Salesche vor einiger Zeit schon aufgekündigt, um die laufenden Kosten kleiner zu halten.

»Glückwunsch«, sagte ich knapp.

Monika steckte beide Zeigefinger in den Mund und zog ihre Mundwinkel zu einem grotesken Grinsen auseinander. Sie nahm die Finger heraus, ihre Wangen wurden rot.

Seit Neustem gingen Monikas Eltern einer eher zwielichtigen Geschäftsidee nach. Sie verkauften Edelstahltöpfe. Jedoch nicht klassisch in einem Geschäft – die Engels organisierten Dinner-Abende bei den potenziellen Käufern. Und dort priesen sie die Qualität und Vielfalt der Töpfe an, ähnlich den Wahnsinnigen in diesen furchtbar synchronisierten Dauerwerbesendungen.

Einmal hatten Monikas Eltern ihre kleine Show

auch bei uns in der Gemeinschaftsküche abgezogen. Dafür hatten sie ein üppiges Buffet zusammengestellt. Anfangs hatten sich meine Eltern geweigert, an dem Dinner teilzunehmen. Aber als die Leute aus den anderen Notwohnungen bei uns anklopften und sie überredeten, sich das Dinner keinesfalls entgehen zu lassen, stießen auch wir dazu. Und was soll ich sagen, alle waren begeistert von den Suppen, Gratins und Desserts. Klar. Und als auch noch Absacker gereicht wurden, waren die Engels auf einmal wie beste Freunde gewesen. So konnte locker zum wichtigen Teil der Verkaufsshow übergeleitet werden. Dem Teil, der die Ware in den Fokus rückte. Die allgemeine Begeisterung für die Töpfe verpuffte allerdings sofort, als die zugehörigen Preise genannt wurden. Mehr und mehr Leute bedankten sich aufrichtig und verdrückten sich dann in ihre Zimmer. Sie hatten zwar schon deutsches Geld auf der Bank liegen, aber niemand wollte etwas kaufen, das er unter der Matratze hätte horten müssen. Da gab es keinen Platz mehr.

Herr Engel rechtfertigte die Preise. Für diese Spitzenqualität seien die Kosten total angemessen. So ein Set sei eine Investition für die Ewigkeit. Das könne man noch an die Enkel weitervererben. Man werde doch nicht für immer an so einem Ort leben. Während seine Frau argumentierte, man könne es doch auch schon jetzt und hier gut haben und müsse es sich nur schön machen.

Ein komplettes Set hatten die Engels an diesem Abend dann doch noch verkauft – für etwa tausend Mark. Die Summe durften die Krawczyks in Raten abstottern. Diese Ausbeute war repräsentativ für ihr Geschäftsmodell: Es lief mittelmäßig. Das große Geld blieb Herrn und Frau Engel in Deutschland weiterhin verwehrt.

»Meine Schule nennen meine Eltern eine Investition in die Zukunft«, sagte Monika.
»Müssen sie denn dafür Schulgeld blechen?«
»Nein«, sagte Monika. »Aber für den Wintermantel, für die Stiefel, die Handschuhe, das Stirnband, diesen Markenschal. Es muss immer vom Feinsten sein. Und im nächsten Winter muss es dann ein anderer Mantel sein, eine andere Mütze, ein anderer, teurerer Schal einer Marke, die heute noch niemand kennt. Ab jetzt kriege ich vermutlich jedes Weihnachten Klamotten geschenkt. Bei mir in der Klasse gibt es Mädchen, die tragen jeden Tag ein anderes Oberteil. Und zwar immer nagelneu. Unglaublich, oder? Als würden die in einer Telenovela mitspielen. Ist dir das mal aufgefallen? Egal ob Staranwalt oder Haushälterin, in den Serien tragen die Figuren nie zweimal dasselbe Outfit.«
»Vermutlich lassen sie die Preisschilder drin, tragen das Oberteil einen Tag und bringen es dann zurück ins Kaufhaus. Also, die Mädels aus deiner Klasse, meine ich.« Und ich schaute dabei an mir herab – ich trug das, was die Deutschen in die Altkleidersammlung gaben. Wieso war ich nicht längst auf die Idee mit dem Preisschild gekommen? Ich müsste nur zusehen, dass ich auf dem Schulhof in keine Schlägerei geriet, bei der die Klamotten zerrissen oder dreckig wurden, und dass mich keiner von

den Skins erwischte, der mit meiner Jacke das Klo stopfte. Vermutlich war das der Grund, weshalb mir das nicht schon früher eingefallen war.

»Und, werdet ihr das Haus verkaufen?«, wechselte ich das Thema.

»Das ist seit Tagen ein Streitthema bei uns. Mein Vater würde es sofort tun. Meine Mutter ist aber in dem Haus geboren. Ihr bricht es das Herz, diese Entscheidung zu fällen.«

»Und was denkst du?«

»Was ich denke?« Monika überlegte. »Ich muss nur mehrere Klassen überspringen, mein Studium unter Regelstudienzeit abschließen, gutes Geld, sehr gutes Geld verdienen und dann das Haus in Bromberg zurückkaufen.« Sie schien tatsächlich kurz über diesen Plan nachzudenken. »Wo liegt das Problem? Ist doch ganz einfach.«

Es war einer der raren Momente, in denen Monika sich in die Karten schauen ließ. Sie tat immer so, als könnte sie nichts aus der Spur werfen, als wüsste sie stets eine Lösung und wäre gegen alles gewappnet. Das mochte für die Engels in Polen – mit Parteibuch und einem besonderen gesellschaftlichen Ansehen – der Fall gewesen sein, in Deutschland aber waren auch für sie die Karten neu gemischt.

In Minden mussten wir noch einmal umsteigen. Monika schoss ein Foto vom Bahnhof, eine Sehenswürdigkeit, weil das Gebäude mit den Türmchen und Bögen einer Burg ähnelte. Ich war einfacher zu begeistern, mich faszinierten so banale Dinge wie die Wand aus Fahrkartenautomaten oder die vielen unterschiedlichen Zeitungen, Comics und Groschenhefte im Pressebüdchen. Dann wollte Monika unbedingt einen Kaffee trinken. Aber bloß keine Instantplörre aus dem Automaten und schon gar nicht aus einem braunen Plastikbecher. Da sie überhaupt keinen Proviant dabeihatte und so etwas wie eine *Bar Mleczna* in Deutschland nicht existierte, gingen wir über den Bahnhofsvorplatz ins nächstbeste Stehcafé, wo es belegte Brötchen gab, die aussahen, als wären sie schon am Tag zuvor geschmiert und hinterm Glas vergessen worden. Zumindest preislich kam das einer *Milchbar* am nächsten.

Mich wunderte es, dass Monika schon Kaffee trank, ja, geradezu nach Kaffee gierte, wie es erwachsene Kaffeetrinker gerne übertrieben betonten, die morgens *ihren Kaffee brauchen*, weil sie anders nicht funktionieren würden. Kaffeetrinker und Kippenraucher, nervliche Wracks. Kaffeetrinken passte jedenfalls zu Monikas Erwachsenenattitüde. In ihrem Mantel, ihren Wildlederstiefeln und erst recht, seitdem sie ihre Brille gegen Kontaktlinsen getauscht hatte, wirkte sie zwei Jahre älter.

Wir stellten unsere Tassen und Teller auf der Glastheke ab, setzten Mütze und Stirnband auf und kehrten zurück in die Burg. Mit der nächsten Bimmelbahn sollte es für uns weitergehen bis Hannover Hauptbahnhof.

Als ich in den Waggon einstieg, verharrte Monika am Bahnsteig, um noch mal ein Foto von mir zu schießen. Grinsend und mit erhobenen Armen in der Tür posierend, hörte ich die Trillerpfeife des Schaffners und befürchtete für einen Moment, dass der Zug ohne sie abfahren könnte. Monika würde nicht noch einige Meter neben dem Zug herlaufen und mir zuwinken oder so, nein, sie würde einfach wie festgewachsen stehen bleiben, bis sie aus meinem Blick verschwand, und dann für immer wegbleiben. Bei dieser Vorstellung wurde mir flau im Magen. Erfreulicherweise aber machte sie keine Anstalten, zurückzubleiben. Sie schubste mich sogar noch ins Abteil hinein, weil ich ihr im Weg stand, und ich kann nur schwer beschreiben, wie glücklich es mich machte, dass Monika mich begleitete. Sie hatte keine Sekunde gezögert. Als ich ihr erzählte, wie unser Weihnachten verlaufen war, hatte sie mich noch darin bestärkt, so bald wie möglich aufzubrechen. Und sie war sogar ganz bis raus in unsere Notwohnungssiedlung gekommen, um mich abzuholen.

Am allerliebsten hätte ich sie an mich gedrückt.

KAPITEL 35

Unser Zug glitt durch die einsetzende Dämmerung. Die Lampen im Waggon gaben ein gedämpftes Licht ab. Im Großraumabteil hatten wir einen Vierer ergattert. In Deutschland, war mir aufgefallen, glotzte man andere Leute nicht an. Am besten sprach man sie auch nicht an. Nur in Notfällen. Schräg gegenüber von uns saßen allerdings eine Gruppe Punker und ihr Schäferhund. Es war unmöglich, sie auszublenden. Alle hatten die Seiten am Kopf rasiert, und von der Stirn bis in den Nacken bildeten die Haare einen Kamm. Ein roter Hahnenkamm, ein blonder, ein grüner. In den Ohrläppchen baumelten Ringe und Büroklammern, ihre Augenränder hatten sie mit Kajal unterstrichen, die Klamotten ein bunter Strauß aus Schottenkaros, schwarzem Leder, schwarzen Jeans, löchrigen Strumpfhosen und Armeestiefeln. Einer hatte den blonden Kamm in den Schoß seiner Freundin gebettet und sich der Länge nach auf die Sitzbank gelegt, sodass eins seiner Beine in den Durchgang stak. Das andere Bein hielt er gelenkig wie ein Balletttänzer im 90°-Winkel, um sich mit einer Nagelschere Löcher in die Hose zu schneiden. Gemächlich machte eine Flasche Sangria zwischen den dreien die Runde.

Fahrscheinkontrolle. Die Schaffnerin betrachtete

unsere Tickets, hielt sie näher an ihre Augen, dann fragte sie: »Ihr wollt also an die Leine?«

Wieso denn das jetzt? Ich schaute fragend zu Monika. Hatte ich etwas falsch verstanden? Sie wirkte genauso ahnungslos. *An die Leine?* Konnte die Schaffnerin uns etwa ansehen, dass wir abgehauen waren?

Ich überlegte panisch, wie ich uns rausreden konnte. Doch bevor mir eine gute Lüge einfiel, kam mir die immer wieder zum Erfolg führende Taktik meiner Eltern ins Gedächtnis: einfach ahnungslos lächelnd »Ja, ja« sagen.

Monika klatschte sich die Hand auf die Stirn.

»Ihr seid nicht von hier, hm?«

Monika sog Luft ein, um etwas zu erwidern.

»Kleiner Scherz«, meinte die Kontrolleurin, drückte unseren Fahrkarten ihren Zangenabdruck rein und wünschte »eine gute Weiterfahrt«. Sie drehte sich um, und auch den Punkern stellte sie ihre Scherzfrage. Die drei stutzten. Der Punker mit dem grünen Kamm legte schützend eine Hand auf den Hund, der wie auf Kommando losbellte. Dann fiel bei ihnen der Groschen und sie stimmten ein Lied an und grölten durch den Waggon:

»*In Hannover an der Leine,*
Rote Gasse Nummer acht.
Wohnt der Massenmörder Haarmann,
der die Jungen umgebracht.
Aus den Augen macht er Sülze,
aus dem Hintern macht er Speck.
Aus dem Darm, da macht er Würste,
und den Rest, den schmeißt er weg.«

Nachdem die witzelnde Schaffnerin weitergerauscht war, ging das dann noch eine Zeit lang so weiter. Sie hatte nicht an meinen Klamotten erkannt, dass ich nicht aus der Region stammte, sondern weil ich ihren Wortwitz nicht schnallte.

»In Polen, wenn die Ausgewanderten zurückgekehrt sind in ihren mehr oder weniger schicken Klamotten und robusten Autos, und wenn sie ihre polnischen Familien mit Geschenken überhäuft haben, dachte ich immer, die würden sich als was Besseres betrachten, weil sie jetzt Deutsche waren«, sagte ich. »Die haben natürlich mit keinem Wort erwähnt, wie lange es braucht, um hier anzukommen. Selbst mit deutschem Nachnamen wie bei dir.«

»Wenn ich mit der Schule fertig bin, werde ich dazugehören«, sagte Monika. Und nach reiflicher Überlegung fügte sie hinzu: »Und du auch, wenn du deinen Akzent rauskriegst.«

Ich nickte.

»Und wenn du in einer richtigen Wohnung wohnst.«

Ich nickte abermals.

»Und wenn du dir Klamotten in einem richtigen Laden kaufst.«

»Hab's verstanden.«

»Und wenn du Kartoffelsalat mit Würstchen als Weihnachtsessen ansiehst.«

»Weihnachtsessen von der Imbissbude?«

Monika stieß Luft aus der Nase, was einem kurzen Lacher gleichkam. »Und wenn du dich nicht mit den falschen Leuten abgibst«, zählte sie weiter auf. »Leuten von deiner Schule beispielsweise.«

Ich war so aufgeregt gewesen, dass ich die Eignungsprüfung völlig vermasselt hatte. Realschule hatte aufgrund meiner Noten zur Debatte gestanden, aber dann hieß es einvernehmlich, auf der Hauptschule sei ich am besten aufgehoben. Die Schule wechseln könne ich bei entsprechenden Leistungen jederzeit.

»In meiner Klasse bin ich der Deutsch-Streber«, sagte ich, bemerkte aber erst im Nachhinein, was Monika da verzapft hatte. »Was soll das überhaupt heißen? *Leute von meiner Schule?* Nur weil wir ein paar Mal im Kaufhaus geklaut haben?«

Sie schwieg.

»Du gibst dich doch auch mit einem wie mir ab.«

»Am besten heiratest du, sobald du volljährig bist, und wirst deinen Nachnamen los.«

»Aber mein Vorname ist doch das viel größere Problem. Die haben einfach aus einem Ł ein L gemacht. Fertig. Statt –«

»Und dann arbeite wie bescheuert. Reiß dir den Arsch auf. Mach Zaster, Kohle, Moneten. Aber lass nie zu sehr raushängen, wenn du Geld hast. Angeber sind unbeliebt. Dann, ja, dann mein Lieber, stehen deine Chancen gar nicht mal so übel, dass die heutigen Deutschen dich nicht wie jemanden von der Volksliste 3 behandeln. Dann kannst du unerkannt unterm Radar fliegen und behaupten, du würdest dazugehören.« Sie drehte die Handflächen von sich. »Im Übrigen entscheidest nicht *du* darüber, ob du Deutscher bist, sondern *die* entscheiden.«

Ich wendete mich von ihr ab. Woher sollte sie wissen, was in fünf, zehn, zwanzig Jahren sein würde? Woher sollte sie wissen, was in zwanzig Minuten los sein würde? In der Spiegelung der Scheibe bemerkte ich, dass der Punker mit dem grünen Kamm mich seit einiger Zeit beobachtete. Ich tat, als bemerkte ich das gar nicht, kratzte mich wie gedankenversunken am Kopf und schaute mich dabei um. Unsere Blicke kreuzten sich.

Die Gruppe hatte beschlossen, rumzulaufen wie nach dem Weltuntergang. Den Punks war es egal, was die anderen von ihnen hielten, wie auf sie geblickt wurde, wie es um ihre Zukunft bestellt war. Sie machten sich keinen Kopf, ob sie als würdiger Teil der deutschen Gesellschaft angesehen wurden. Das schrieben sie sich auf die Fahnen beziehungsweise auf ihre Jacken. Und ich dachte mir, vielleicht hatten die ja recht, und es war egal.

Der Punker zwinkerte mir zu, als hätte er meine Gedanken mitgehört und mir zugestimmt. Er streckte seine Finger in meine Richtung, oder zeigte er auf meinen Rucksack? Kurz darauf rutschte er ohnmächtig auf den Waggonboden, und die Flasche Sangria rollte ihm aus der Hand.

Sein Schäferhund schreckte hoch und lief jaulend im Gang auf und ab. Die Punkerin mit dem roten Kamm drückte das Fenster nach unten, um frische Luft ins Raucherabteil zu lassen. Ihr Freund mit dem blonden Kamm fluchte, weil Alkohol ausgelaufen war. Er drehte den Verschluss auf die Sangriaflasche, stopfte sie in einen Rucksack, und erst dann klatschte er seinem daliegenden Freund ins Gesicht.

»Ey, jemand zu Hause?«

Keine Reaktion.

Er hob den ohnmächtigen Kollegen an seinem Pullover zurück auf den Sitz. Wir hörten Nähte reißen.

»Klaus?«

Monika stand auf, fragte, ob sie helfen solle.

Die Punkerin wedelte sie mit einer Hand weg.

»Klaus?« Noch ein Klatscher auf die Wange.

Klaus grinste schwach. »Oh. Mann. Bin ich knülle.« Jegliche Farbe war aus seinem Gesicht gelaufen.

»Das kannst du laut sagen. Hast uns einen gewaltigen Schrecken eingejagt, Klaus.«

»Mann, wie oft noch?«, lallte der. »Ich heiße Lukas.« Und sofort fielen ihm die Augen wieder zu wie unter Hypnose, und sein Kopf sackte erneut zur Seite.

Das Mädchen mit dem roten Kamm stemmte Lukas' Beine mit einer Schulter in die Höhe. »So 'ne Scheiße! Hiergeblieben!«

Monika setzte sich wieder neben mich und nuschelte: »Anagramm.«

»Was?«

»Sein Name. Ein Anagramm.«

Wäre ich in Salesche geblieben, überlegte ich bei diesem Anblick, wären Andrzej und ich die Nächsten gewesen, die, solange es gut lief, in der *Zalesianka* ihre Biere und Schnäpse gekippt hätten, die sich jeden Tag nach der Arbeit einen oder zwei genehmigt und an den Wochenenden ganz tief ins Glas geschaut hätten. Die, wenn es nicht mehr gut lief und wir unsere Arbeit verloren hätten, in den einschlägigen Kellern Selbstgebrannten gekauft hätten. Die nur noch zum Schlafen nach Hause gekommen wären. Die, auch wenn sie schon auf dem versifften, kalten Boden einer leeren Fabrik gelegen und Brennspiritus oder billiges Parfüm gesoffen hätten, sich noch gegenseitig weismachen würden, nie so enden zu wollen wie die anderen Männer in ihren Familien.

»Soll ich die Schaffnerin suchen?« Eine Passagierin stand im Gang.

»Nein«, sagte die Punkerin.

»Mein Sohn kann Erste Hilfe.«

»Nein«, brüllte die Punkerin. »Keine verdammte Schaffnerin! Keine scheiß Erste Hilfe! Wir kümmern uns.«

Der Schäferhund heulte, und auch er wurde angebrüllt, die Schnauze zu halten.

»Jedes Weihnachten dasselbe«, sagte jemand hinter uns.

KAPITEL 36

Es war Silvester 1981. Noch vor der Abenddämmerung war Oma Agnieszka zu uns rübergekommen, um auf mich und Andrzej aufzupassen, damit meine Eltern zum Neujahrsball in die *Zalesianka* gehen konnten.

Sie war die perfekte Aufpasserin. Sie hasste Silvester und Besäufnisse, und beim Namen Dombrowski waren bei ihr sofort sämtliche Alarmglocken angegangen. »Der Junge ist so was von verdorben«, sagte sie ständig über meinen besten Freund. Nur weil sie glaubte, einmal beobachtet zu haben, wie der PGR-Direktor sternhagelvoll über die Dorfstraße getorkelt war, »und der Dombrowski-Junge ist dem Direktor zu Hilfe gekommen, um ihn zu stützen«, erzählte sie, »natürlich nur vermeintlich«. Das habe auch der Direktor sofort gemerkt und Andrzej angeschnauzt: Er brauche gar nicht seine Taschen abzutasten, der Lump. Er habe sein gesamtes Geld nämlich versoffen. Daraufhin habe Andrzej ihn losgelassen, und der Herr Direktor sei zu Boden gestürzt und habe sich das Jochbein gebrochen.

Am Silvesterabend spielten wir gerade am Esstisch *Mensch ärgere dich nicht*, als es draußen vor dem Fenster knallte. Andrzej und ich sprangen von unseren Stühlen auf.

Was war das?

Seit zweieinhalb Wochen herrschte der Kriegszustand im Land, und Andrzej und ich hatten staunend mitverfolgt, dass tatsächlich Militärfahrzeuge über unsere Landstraße fuhren. Die Ursache des Knalls aber war weitaus harmloser. Reste eines Schneeballs rannen am Fensterglas herab. Auf Zehenspitzen stehend, versuchten wir herauszufinden, was da draußen vor sich ging.

Auf dem Platz stand jemand. Und dieser jemand rief nach seiner: »Mutter!« Und dann noch mal: »Mutter! Mach das Fenster auf!«

Oma öffnete das Küchenfenster. »Was tust du hier?«

Onkel Henyek stand bibbernd in der Kälte. Graue Wölkchen stiegen wie Rauchzeichen aus seinem Mund auf. »Wonach sieht's denn aus, Mutter? – Mir die Eier abfrieren.«

Andrzej und ich kicherten und fingen uns sofort böse Blicke von meiner Oma ein.

»Dann komm doch rein.«

Henyek schaute zur Seite, als würde um die Ecke jemand auf ihn warten. »Hast du den Wohnungsschlüssel?«

»Komm rein. Iss was mit uns«, wiederholte Oma.

»Hab keinen Hunger.«

»Dein Bruder und Jadwiga sind schon auf der Feier«, versicherte sie ihrem Sohn.

»Ich muss aber noch mal in unsere Bude. Und du hast den Schlüssel mitgenommen.«

»Der Schlüssel ist da, wo er immer ist.«

»Da war aber nichts, Mutter.«

Sie betastete ihre Strickjacke und schüttelte den Kopf. »Ich habe den Schlüssel über den Türrahmen gehängt. Wie üblich.«

Henyek hauchte abwechselnd in seine Fäuste, zog die Nase hoch. »Rede ich Russisch? Am Nagel hängt kein Schlüssel.«

Sie ging zur Garderobe.

Henyeks Augen waren glasig, die Nase rot und verrotzt. Ich kannte meinen Onkel eigentlich nur betrunken. Mal wehte eine Alkoholfahne aus seinem Mund, mal saß er mit geschlossenen Augen und wirres Zeug vor sich hin brabbelnd auf dem Sofa, aber sobald jemand versuchte, ihm die schief liegende Bierflasche aus der Hand zu nehmen, riss er die Augen auf und trank weiter, als würde er nie wieder etwas bekommen.

Henyek spuckte in den Schnee. »Was gibt's Neues, Jungs?«

»Wir spielen, Onkel.«

»Karten?«

»Mensch ärgere dich nicht.«

»Andrzej«, sagte er, »Onkel Roman hat dir doch sicher ein Kartendeck geschenkt.«

Andrzej zuckte mit einer Schulter. »Hat mir mein Bruder weggenommen. Der Arsch.«

»So ist das mit Brüdern«, kam es von unten.

Ich hatte mitbekommen, wie Vater einmal zu Henyek gesagt hatte, er solle sich von seiner Familie fernhalten.

»Ihr solltet es mal mit Poker probieren. Kann man mehr bei gewinnen.« Henyek grinste schief. »Wenn ihr wollt, bring ich euch ein paar Tricks bei.

Ich bin gut im Poker. Das Geheimnis ist, immer mit kleinen Einsätzen zu spielen, wisst ihr? Das große Glück ist selten.«

Das hatte er schon oft angeboten, mir etwas beizubringen, mich irgendwohin mitzunehmen, mir zu zeigen, wie sich die Welt da draußen tatsächlich drehte. Doch dazu kam es nie. Was meistens daran lag, dass mein Onkel sich nicht mehr an seine Versprechen erinnern konnte.

»Willst du mitspielen?«, fragte ich.

»Würd ich gern. Aber ich kann nicht. Hab noch was zu erledigen, weißt du? Wichtige Verabredung.«

»Tut mir leid, Henyek«, sagte Oma, als sie wieder ans Fenster trat. »Hab nachgeschaut. Ich habe keinen Schlüssel bei mir.«

»Bitte, Mutter, mach mich nicht zum Pferd«, jammerte es von draußen. »Du hast doch den Zweitschlüssel irgendwo gebunkert.«

»Sobota muss noch mal zu Hause gewesen sein und den Schlüssel mitgenommen haben. Anders kann ich mir das nicht erklären.« Oma nannte ihren Mann beim Nachnamen, wenn sie genervt von ihm war, was ziemlich oft vorkam. Vielleicht hatte Andrzej sich das bei ihr abgeschaut und nannte mich deswegen auch immer so.

»Du weißt doch besser als ich, wo der sich rumtreiben könnte.«

»Denkst du, ich spitzle dem Alten hinterher?« Henyek schüttelte enttäuscht den Kopf. Er stimmte sein Gesicht etwas milder. »Gib mir wenigstens ein bisschen Schmalz, dann war der Weg hierher nicht völlig umsonst. Bitte, Mutter. Du kriegst es auch zurück.«

Geld. Henyek brauchte immer Geld. Für den Friseur, für den Bus, die Disco, um nicht wie der letzte Schlucker dazustehen. Dabei hatte er damals sogar Arbeit. Er verdiente nicht schlecht, wie er selbst gerne mit der Lohntüte unterm Arm erwähnte. Nur ging er mit dem Geld so um, dass er noch immer bei seinen Eltern wohnen musste.

»Bei mir ist nichts zu holen«, sagte Oma.

Henyek boxte die Fäuste in seine Jackentaschen und drehte sich wortlos um. Er schob im Gehen lange Spuren durch den Schnee, als hätte er Skier unter den Füßen.

»Sechs!«, jubelte Andrzej.

»Was?« Ich hatte mich völlig aufs Lauschen konzentriert und nicht mitgekriegt, dass Andrzej sich wieder gesetzt und gewürfelt hatte.

»Oma, hast du den Wurf gesehen?«

Oma Agnieszka verriegelte das Fenster und machte ein nachdenkliches Gesicht.

»Was mache ich bloß mit sechs Zügen?«, fragte Andrzej mit gespielter Verzweiflung.

»Du hast doch gar nicht gewürfelt. Du hast den Würfel so hingelegt.«

»Pfff.« Er hielt mir den Würfel unter die Nase. »Sechs Augen. Zähl nach!«

»Ich bin nicht blind.«

»Dann sei auch kein Spielverderber.«

»Na gut. Du könntest vielleicht mit dieser Figur neu rauskommen«, versuchte ich es diplomatisch.

Doch Andrzej zählte bereits die einzelnen Felder

mit seiner Feldfigur ab, »vier ... fünf ... uuuund ...«, er legte eine Kunstpause ein, um im nächsten Moment meine Figur genüsslich vom Brett zu schubsen. »Sechs.«

Ich wünschte, Onkel Henyek hätte wenigstens einmal sein Wort gehalten und mir ein paar seiner Tricks beigebracht, wie man im Spiel unbemerkt schummelte.

»Sechs Augen. Und deswegen darf ich auch noch mal würfeln.« Andrzej hob unschuldig die Hände. »So lautet die Regel.«

Am Neujahrsmorgen, meine Eltern lagen noch in Sauer, erzählte mir Oma Agnieszka, sie habe vom Holzhacken geträumt. »Ein schlechtes Omen«, sagte sie verschwörerisch. Wieso? Das konnte sie nicht genau beantworten. Sie vermutete aber, das neue Jahr würde uns viel abverlangen.

Ich begleitete sie nach Hause. Die Luft war trocken und kalt, ein scharfer Wind schnitt durch Salesche. Die Straßen waren leer, es fuhren keine Fahrzeuge, keine Traktoren, nur Hunde schlichen über die schneebedeckten Felder. Aus der *Zalesianka* lief schmutziges Wischwasser über die Eisschollen in Richtung Gully.

Im Treppenhaus war es noch kühler als draußen. Auf Omas Etage lagen Mörtel, feiner Staub und Holzsplitter auf dem Boden. In der Wohnungstür klaffte ein Loch, zwei Hände groß. Ich machte einen Schritt rückwärts. Jemand war eingebrochen. Wir sollten die Polizei holen oder die Nachbarn. Aber Oma Agnieszka beruhigte mich. Sie schaute durchs

Loch. Niemand war zu sehen. Sie bekreuzigte sich und drückte die Tür auf. Ihr Traum vom Holzhacken, schoss es mir durch den Kopf. Ihre Ahnung, dass etwas Schlimmes geschehen würde, hatte sich tatsächlich bewahrheitet.

In der Wohnung war es ruhig. Unordentlich zwar, aber die Schränke und Schubladen waren unangetastet. Alles stand an seinem Platz. Aus dem Schlafzimmer dröhnte Opa Edmunds Schnarchen.

Oma lehnte sich an den Kachelofen und seufzte den Namen ihres jüngeren Sohnes. Und sie sollte recht behalten. Henyek hatte die Tür demoliert, und was auch immer er aus der Wohnung benötigt hatte, hatte er bekommen.

Onkel Henyek verlor später nie ein Wort über seinen Wutausbruch, auch eine Entschuldigung gab es nicht. Ich war mir sicher: Oma Agnieszka war auch deshalb auf Nimmerwiedersehen aus Salesche verschwunden. Weil auch ihr zweiter Sohn sich von ihr abgewendet hatte.

KAPITEL 37

»Verfluchter Kaffee«, stöhnte Monika. »Ich brauche dringend eine Toilette.« Und weg war sie. Unter ihrem abgelegten Mantel lugte eine Zeitung hervor. Auf einem Foto war ein demolierter Reisebus abgelichtet. Die Scheiben waren eingeschlagen. Darunter stand eine kurze Meldung zu Ausschreitungen in Frankfurt (Oder). Neonazis hatten den Grenzübergang zu Słubice (Polen) zunächst blockiert, später dann aus Polen kommende Reisebusse und Autos mit Steinen und Stangen attackiert. Die Polizei vor Ort sei lange Zeit überfordert gewesen, hieß es, und ebenfalls vom Mob angegriffen worden. Erst als Verstärkung angerückt war, hatte die Polizei die Lage unter Kontrolle bringen können. Als Reaktion auf die rassistischen Ausschreitungen war die Grenze für Einreisende aus Słubice zwischenzeitlich geschlossen worden.

Ich schaute mich im Waggon um. Das Punker-Pärchen hatte seinen Freund einige Stationen zuvor aus dem Zug getragen. Auf ihren Plätzen saßen ein Mann und sein Kind. Das Kind spielte hoch konzentriert *Game Boy*, der Mann hielt einen in Papier gewickelten Blumenstrauß in der Hand.

Ich saß ohne Blumen da. Ich hatte auch kein anderes Geschenk dabei. Im Rucksack steckten Wechselklamotten, die Thermoskanne, Butterbrote und Butterkekse, mein kleines Kopfkissen, mein mintgrüner *Ausweis für Flüchtlinge und Vertriebene*. Und Opa Edmunds Schatulle.

Eine Frau mit Kopftuch stand im Gang. Sie zeigte auf die Sitzbank vor mir. »Ist da noch frei?« Ich nickte, sie nickte auch und setzte sich gleich hin. Sie nickte mir nochmals zu als Zeichen des Danks, holte ein Taschenbuch hervor, lehnte sich zurück und versank in dem Roman.

Obwohl die Frau viel jünger war als meine Großmutter, musste ich doch an Oma Agnieszka denken. Wie sie an windigen Tagen ihr Schiffchen gegen ihr gemustertes Kopftuch getauscht und es unterm Kinn zugebunden hatte. Wie sie gegen den Wind kämpfend die Post ausgefahren hatte. Wie sie sich nach ihren Schichten an die Nähmaschine gesetzt hatte, weil sie beim Nähen so gut entspannen konnte. Wie sie manchmal bei uns im Wohnzimmer gesessen, die Hände gefaltet und minutenlang Däumchen gedreht und es selbst gar nicht mitbekommen hatte. Wie sie eines Tages eine Gans an Hals und Hintern geschnappt und zwischen den Knien eingeklemmt hatte. Ich hatte genau zusehen sollen, um es ihr gleichzutun. Als das Tier sich beruhigt hatte, begann Oma, ihm die Federn von Brust und Bauch zu rupfen. Die Federn wurden in Blecheimern gesammelt, später wurden damit unsere Kissen und Bettdecken gefüllt. »Merk dir das«, hatte sie gerne gesagt, wenn ihr etwas wichtig erschienen war. »Merk dir das, denn ich werde nicht ewig leben, um dich daran zu erinnern.«

Es war so lange her, dass ich sie diesen Spruch hatte sagen hören. Inzwischen war Oma Agnieszka Rentnerin. Sie lebte nicht mehr auf dem polnischen Land, sondern in einer deutschen Großstadt. Keine tausend, sondern bloß noch wenige Hundert Kilometer von uns entfernt. Ob sie auch *Ein Schloss am Wörthersee* guckte, wenn wir vor dem Fernseher saßen? Züchtete sie Tomaten auf dem Balkon? Zog sie Kräuter? Kochte sie auch für sich allein Kartoffelklöße, Rouladen, Gołąbki, Żurek? Wenigstens an Sonntagen? Hatte sie Freundinnen im Haus, die sich gegenseitig zu dünnem Kaffee und selbst gemachtem Kuchen mit Schlagsahne einluden? Oder lebte sie zurückgezogen? Und niemand im Haus wusste etwas über sie? Womöglich besserte sie ihre Rente auf, indem sie Prospekte der Kirchengemeinde verteilte. Und womöglich setzte sie dabei auch wieder das bewährte Kopftuch auf. Ganz sicher trug sie weiterhin in ihren Manteltaschen mit Lavendel bestückte Duftsäckchen gegen die Motten. Und einen Rosenkranz gegen das Böse.

Dachte Oma Agnieszka noch oft an ihr altes Leben zurück? Hatte sie von irgendwem mitbekommen, dass die Felder, Ställe und Silos des PGR jetzt von den umliegenden Bauernhöfen aufgekauft waren? Dass die Schnapsfabrik ihren Betrieb eingestellt hatte. Dass sich in Korea Straßenhunde breitmachten und keiner wusste, wie die es eigentlich dahin geschafft hatten. Wusste sie, dass das Postamt in kleinere Räumlichkeiten umgezogen war, weil das alte Gebäude in sich zusammenzufallen drohte?

Ahnte sie, wie abgemagert Opa Edmund mittlerweile war? Dass er nur über die Runden kam, indem er sein restliches Hab und Gut verhökerte? Machte sie sich überhaupt ein Bild davon, wie die Gräber unserer Verstorbenen aussehen mussten? Opa Edmund betrat den Friedhof nur an Allerheiligen, und das auch nur, weil ein Mal im Jahr alle dorthin strömten, auch die Kneipengänger. Und weil meine Eltern ihm vorher Geld schickten, damit er Kerzen und Blumen aufstellte.

Dachte sie manchmal auch an mich?

KAPITEL 38

Um mich herum brach Unruhe aus. Der Zug hatte abrupt gehalten. Einige Passagiere erhoben sich, aber niemand zog seine Jacke an oder hievte Gepäck aus den Ablagen. Wir waren auf freier Strecke stehen geblieben, neben einer Schrebergartenkolonie, wo eine ausgeblichene Deutschlandfahne schlaff vom Mast herabhing. Über Lautsprecher wurde etwas durchgesagt, das ich schlecht verstand. Ich schaute in den Gang, in die eine und in die andere Richtung. Monikas Toilettenbesuch dauerte schon länger als unsere Grenzkontrolle.

Der Mann von schräg gegenüber legte den Blumenstrauß vorsichtig auf der freien Sitzbank ab, schob das Fenster herunter und streckte den Kopf heraus. Währenddessen flitzte die Schaffnerin durch den Zug. Die Reisegruppe hinter mir versuchte, ihr eine Frage zu stellen. Sie wehrte das im Vorbeigehen ab.

»Vielleicht liegt da einer«, hörte ich den Passagieren hinter mir zu.

»Liegen wird da keiner mehr, wenn's geklappt hat.«

»Der Lokführer hat doch durchgesagt, es seien *technische Probleme*.«

»Kommt der Heizer mit den Kohlen nicht hinterher, oder was soll das heißen?«

»Blödmann. Heizer. Gibt's doch gar nicht mehr den Beruf.«

Ich hörte Schalen brechen. Der Geruch gepellter Reise-Eier kroch zu mir herüber.

»Als ich meinen Zivi beim Rettungsdienst gemacht hab«, erzählte jemand schmatzend hinter mir, »wurden wir einmal wegen eines Zugunglücks gerufen. 'ne Neunzehnjährige. War durchs mündliche Abi gerasselt. Hatte Schiss, das ihren Eltern zu beichten. Stattdessen ...«

»Schrecklich.«

»Hätte sie nicht ihre Handtasche ins Gebüsch geschmissen, hätte sie jemand aus der Verwandtschaft am abgerissenen Ohr identifizieren müssen.«

»Hör auf! Ich will das noch aufessen.«

Ich hörte Schlürfen durch einen Strohhalm.

»Weil im Ohr noch ihr Ohrring baumelte, meine ich. So ein goldener mit Bärchenmotiv. Den hatte es nicht zerfetzt.«

»Schrecklich so was.«

»Finde ich auch.«

»Da hab ich den Kriegsdienst verweigert, weil ich nicht so kaputt enden wollte wie Opa. Verweigerung aus Gewissensgründen, hieß das. Aber am Ende vom Zivi hatte ich Grausameres gesehen als die, die zum Bund sind. Könnt ihr mir glauben.«

Dann hörte ich, wie das Fenster hinter mir runtergeschoben wurde. »Meister«, rief der Ex-Zivi. »Was ist denn passiert? Hat's einen zerfetzt?«

Ein weiterer Schaffner oder der Lokführer selbst ging mit einer Taschenlampe am Gleisbett entlang. »Bleiben Sie bitte sitzen. Geht gleich weiter.«

»Typisch Bundesbahn.«

»So wie der mit kurzen Ärmeln in der Schweinekälte rumläuft, holt der sich auch noch den Tod.«

»Ich schwöre euch, da hat sich einer auf die Gleise gelegt. Das wird Stunden dauern, bis der Suchtrupp durch ist und wir weiterkönnen.«

»Jedes Weihnachten dasselbe.«

»Weihnachten ist vorbei, Mensch.«

Ich drehte die Schmuckschatulle zwischen meinen Fingern.

Der Zug setzte sich wieder in Bewegung, und endlich kam Monika von der Toilette zurück. Durchs Fenster schimmerten bereits von Weitem die trüben Lichter der Großstadt.

KAPITEL 39

Die mechanische Werbetafel wechselte ständig zwischen zwei Motiven – Waschpulver und Auto. Ein Waschpulver, das weißer wusch als weiß, und eine Automarke, für die nichts unmöglich sein sollte. Einige Augenblicke lang wurde das Waschpulver präsentiert, dann drehten sich die Lamellen und das Auto erschien. Waschpulver und Auto. Weiß waschen und wegfahren, die zwei Ziele schlechthin. Achtung, die Polen sind da!
 Eine Straßenbahn bimmelte aufgeregt. Ich machte einen Satz nach vorn. Monika riss mich von der Werbetafel los, und vor mir wurde das Panorama Hannovers ausgerollt. Auf der einen Seite erinnerten die im Schatten stehenden, verbarrikadierten Marktstände und unbeleuchteten Tannenbäume an das zu Ende gegangene Weihnachtsgeschäft. Auf der anderen Seite klimperten Obdachlose mit Münzen in ihren Bechern, eine Drehorgel schmetterte ein Medley, Junkies lehnten krumm an den Wänden, Kinderwagen schiebende Eltern drängelten vorbei, in Pelz gehüllte Herrschaften flanierten in die nächste Theatervorstellung oder in die Oper. Auf die eine oder andere Weise war ihnen allen die Erschöpfung anzusehen. Die letzten Tage des Jahres hatten an den Menschen gezerrt. In den Einkaufsstraßen aber

wurde eine Revue aufgeführt, die diesem allgemeinen Zustand unermüdlich trotzte. Lebensgroße Puppen in eleganten Kleidern und Anzügen starrten über uns hinweg. LEGO hatte ein Diorama der niedersächsischen Hauptstadt gebaut, in dem Figuren mit gelben Köpfen die Innenstadt besuchten, so wie wir in diesem Augenblick. Im Schaufenster daneben wuchs ein Urwald aus Kunstpflanzen, mittendrin ein großer, flacher Stein und darauf die Entdeckung: eine Parfümkollektion. Gleich daneben stellten Pralinenschachteln das Brandenburger Tor nach. Hinter den Glasscheiben der Kaufhäuser öffnete sich eine absurde Welt, die so oder so ähnlich in meinen kühnsten Kindheitsträumen existiert hatte. Eine Welt, die wir in Bruchstücken kannten, wenn wir im *Pewex* einkauften oder wenn Herr Paweł oder Herr Hübner deutsche Ware auf der Kühlerhaube in Salesche versilberten. Damals war für uns alles Deutsche das Beste vom Besten gewesen. Ausnahmslos.

»Und, Sobota? Hast du es dir so vorgestellt?«

Unter dem Schein der Gaslaternen glänzte das Kopfsteinpflaster. Schneeflöckchen rieselten herab wie in einer Glaskugel.

»An einen solchen Ort wollten wir immer mal hin. Wir beide. Und jetzt?«

»Tja. Jetzt brauchst du einen Plan, wie du an das ganze teure Zeug rankommst.«

»Schade, dass du nicht dabei sein kannst.«

»Ich weiß gar nicht, was du hast. Du bist doch in bester Begleitung hergekommen«, hörte ich Andrzej sagen.

»Erinnert mich irgendwie an die Weihnachtsgeschichte«, sagte Monika. In einer Passage saß eine Familie auf Decken. Neben ihnen stand ein Esel, dem auch eine Decke über den Rücken geworfen worden war. Wir schmissen unser gesamtes Kleingeld in den Hut und schenkten ihnen Mütze und Stirnband.

Das war also die große Stadt. Im gelobten Land.

KAPITEL 40

Die grellen Farben der Großstadt reichten längst nicht bis in Oma Agnieszkas Gegend. Es war menschenleer und leise in diesem Teil Hannovers. Auf dem Gehweg und der Straße lag ein feiner Flaum aus Schnee, die parkenden Autos verloren langsam ihre Farben. Ein kurzes Gestöber zwischen den roten Klinkerfassaden. Dann war wieder Ruhe. Hier war die Besinnlichkeit nach den Feiertagen noch zu spüren.

Monika und ich spazierten an einer abschüssigen Wiese entlang, das konnten wir bei dem schummrigen Licht erkennen. Wir meinten zu erahnen, dass da unten ein kleiner Bach verlief, aber es hätte auch nur eine Abwasserrinne sein können.

An der Ecke, die Omas Straße kreuzte, blieb Monika vor einer Kneipe stehen. Gartenzwerge starrten vom Fenstersims hinaus. Sie wollte hineingehen, um ihre Eltern anzurufen, ihnen zu sagen, dass sie es nicht nach Hause schaffen würde und bei ihrer Freundin in Dortmund übernachte. »Sonst machen die sich Sorgen.«

»Aber wir sind gleich da. Du kannst doch bei meiner Oma telefonieren.«

»Wenn ihr Telefon mal nicht kaputt ist«, sagte Monika. »Außerdem will ich meinen Eltern noch was Dringendes sagen.«

»Was denn?«

»Dass ich's mir anders überlegt habe. Sie sollen das Haus behalten.«

Aus der Jukebox der kleinen Kneipe dröhnte dezent Schlagermusik. Am Tresen standen sich die Barkeeperin und ihr einziger Gast gegenüber. Beide wärmten sich ihre Hände an Teetassen. Überm Tresen begrüßte eine Girlande das bevorstehende Jahr 1991.

Oma Agnieszka hätte dieses friedliche Bild sicher gefallen. Sie hatte immer geschimpft, wenn sie aus den Saloon-Türen der *Zalesianka* das heisere Lachen der Trinkenden mit anhören musste, zu denen leider viel zu oft ihr Sohn und ihr Mann gezählt hatten.

Über Jahre hatte sie die gepackte Tasche versteckt gehalten – »Allzeit bereit!« –, in der Hoffnung, dass doch alles wieder gut werden würde. Zumindest erträglich. Doch mit jedem neuen Tag in Salesche waren die Probleme nur weitergewachsen wie ein Tumor. Und am Ende war es weder Gottes Werk noch das des Teufels. Mag sein, dass Oma Agnieszka den Teufel in Gestalt meines Opas gebraucht hatte, um endlich von dort fortzugehen. Ohne den Teufel wäre ihre Flucht bloß ein Ehebruch gewesen. Und damit eine Sünde.

Meine Großmutter Agnieszka Sobota aber hatte es gewagt, ihr eigenes Leben in die Hand zu nehmen. Und sie hatte uns die Möglichkeit gegeben, es ihr nachzutun und nach Deutschland zu gehen und Deutsche zu werden. Wie lange hatte ich geglaubt, das wäre unser vorbestimmtes Ziel? Jetzt auf einmal erschien mir dieser Wunsch unwichtiger denn je.

Deutsch? Polnisch? Die Frage kam mir lächerlich vor. Überflüssig. Was sagte das schon über mich?

Wir erreichten Omas Haus, als es nur so rumste. Dichter Nebel breitete sich über der Straße aus. Der scharfe Geruch von Böllern stank wie die Winterluft in Korea, und in dem Moment freute ich mich, hier zu sein und nicht in Salesche. Noch mehr aber freute ich mich, dass Monika an meiner Seite war. Sie hatte sich bei mir eingehakt, und wir blickten dem Schwarzpulvernebel hinterher, wie er gen Himmel stieg. Die Wolken rissen auf, über uns glitzerte das All.

Dann drückte ich auf die Klingel, neben der mein Familienname stand. Eine Weile passierte nichts. Ich drückte den Knopf erneut. Ich rüttelte an der Eingangstür. Versperrt. Mit einem Mal knackte es in der Gegensprechanlage. Ein Räuspern.

»Ja, bitte?«, hörte ich Oma Agnieszkas Stimme fragen.

»Hier ist Jarek«, sagte ich in die dunkle Nacht, »dein Augenstern.«

Danksagung

Ich danke meinen Eltern. Ich danke Oma Gertruda. Ich danke dem Berlin Verlag, insbesondere Andreas Paschedag und Judith Martin. Ich danke der Elisabeth Ruge Agentur, insbesondere Mimi Wulz. Ich danke Achim Jäger, der den Roman von Anfang an begleitet hat. Ich danke Alina Herbing, Julia Lehnhof, Andries Rijpma, Guido Graf, Hildegard Kempowski, Thorsten Schulze. Ich danke der 14. Schreibwerkstatt der Jürgen Ponto-Stiftung im Herrenhaus Edenkoben, Ralf Suermann, Barbara und Konrad Stahl, Olga Grjasnowa, Christopher Kloeble, Konrad Bach, Simone Falk, Charlotte Gneuß, Verena Keßler, Ann-Christin Kumm, Jessica Lind, Theresia Töglhofer. Ich danke dem Künstlerhaus Lukas in Ahrenshoop, dem Goethe-Institut Tschechien und dem Kloster Broumov. Dank euch ist dieses Buch entstanden.